剑河

倒影

陈之藩 著

湖南人民出版社 · 长沙

本作品中文简体版权由湖南人民出版社所有。
未经许可,不得翻印。

图书在版编目(CIP)数据

剑河倒影 / 陈之藩著 . — 长沙:湖南人民出版社,2023.11
ISBN 978-7-5561-3247-8

Ⅰ.①剑… Ⅱ.①陈… Ⅲ.①散文集—中国—当代Ⅳ.① I267

中国国家版本馆 CIP 数据核字(2023)第 081373 号

剑河倒影
JIANHE DAOYING

著　者:陈之藩
选题策划:长沙经笥文化
产品经理:经　笥·杨诗文
责任编辑:张玉洁
责任校对:陈卫平
装帧设计:林　林

出版发行:湖南人民出版社有限责任公司[http://www.hnppp.com]
地　址:长沙市营盘东路3号　邮编:410005　电话:0731-82683327

印　刷:长沙艺铖印刷包装有限公司
版　次:2023年11月第1版　　印　次:2023年11月第1次印刷
开　本:787 mm×1092 mm　1/32　印　张:7.25
字　数:93千字
书　号:ISBN 978-7-5561-3247-8
定　价:48.00元

营销电话:0731-82683348(如发现印装质量问题请与出版社调换)

青年陈之藩

（代序）

如梦的两年

国家科学基金会每年从美国全国大学中选近百位教授到欧洲几个著名大学去访问。一九六九年,我很幸运地获选。于是接洽剑桥大学。我给克路司教授写了封信,他很快地回信说:他们每年在控制部门只接受一位;而该年度已选妥加里佛尼亚伯克来[1]的一位教授作为访问者。不过呢,在信上他又加上一句,你如果能来此作为学生,谁也阻拦不了你。

我当时觉得剑桥已没有了希望,于是改洽伦敦大学。然后向一位曾留英在美执教的朋友商量。他说:"去伦敦大学做什么呢?与美国的大学一模一样。还是设法去剑桥。当这两个老大学的学生是件很光荣的事。你查查多少名人的传记,他们曾

[1] 今日通常译作加利福尼亚大学伯克利分校。——编注

经要到牛津或剑桥去当'fellow',也就是研究生。"

于是,我又写信给克路司教授,他这回寄的是一大堆表格。我打开一看,原来要做剑桥的研究生,是这么难的事。但既不能去法国或德国,又不去伦敦大学,剑桥再难,也只有一试了。

克路司教授没有想到我真会申请。所以第一天见了面,他就喜欢得在克莱尔学院[1]请我喝酒吃饭,把我介绍给学院里的朋友,于是照他的介绍,每个人都向我叫起陈教授来。而在我的屋子,钉上大牌子:"陈教授"。学生弄不清是怎么回事,我自己也弄不清是怎么回事。

最初的一两个月,都是在看闲书,聊闲天中过去的。因为看到好多事都很新鲜,于是就一连写了十篇"剑河倒影"寄给《"中央日报"》[2]。嗣即接到好多朋友的信,其中有梁实秋先生的谬奖,林语堂先生的申论,还有好多朋友说:太好了,你又提笔

---

1. 今日通常译作卡莱尔学院。——编注

2. 《"中央日报"》是国民党的机关报,1927年创办于武汉,1949年迁往台湾。——编注

写散文了。

但是十篇写完以后，我就觉得不太明白剑桥，有"出口便错"的危险。于是多看些再说，可是越看得多，越不敢写。虽然我那时整天看闲书，聊闲天，并没有看我本行的东西，也并没有写出散文来。

剑桥之所以为剑桥，就在各人想各人的，各人干各人的，从无一人过问你的事。找你爱找的朋友，聊你爱聊的天。看看水，看看云，任何事不做也无所谓。在一九七〇的前半年，我几乎没有看一本本行的书。好像坏学生放了假时的状态。

这时候，台北却出现了《剑河倒影》的集子，除了那十篇散文外，还找出我未出国以前的几篇文章，可能是哪位店东的剪贴簿罢，大登广告，出版了。不经同意替我出书，倒在其次；使人看来很不舒服的，是还写了一段很轻浮的广告，书里面又是数不清的错字别字。使我对那种无法无天的作风难过了好几天。

于是，为辨正计，我又继续写了三篇，表示倒影尚未写完，该集显系盗印。这场无从打起的仗，使我苦恼了一阵，我又忙着在剑桥、在曼彻斯特、在伦敦讲演去了。

一讲演，就有提问题者，一提问题，就刺激出兴趣来。我在曼彻斯特有一次讲完，麦克法兰教授提一问题，使我大感兴趣。于是回到剑桥，又弄起本行来。等我第二次在剑桥报告时，克路司教授让我把这个有趣的结果写出来。我大概用了三四个月的时间，写成了一本小书似的。

内容是有些创造性，我也是有两三夜兴奋得睡不着。但我们对创作性的东西，并不像剑桥的人那么看重。只要是创见，他们就觉得好得不得了。可是如为继续引申的东西，他们就觉得那不是剑桥应该做的。

所以，克路司教授比我还兴奋。他把麦克法兰教授找来，两个人考起我来。一小时后，他说：我推荐你的论文到学位会去，作为哲学博士论文。如此，快到两年的时候，完成了剑桥的哲学博士（学业）。

等到礼服店把我那套服装送来，我确实很喜欢；因为那顶帽子，并不是寻常的样子，是黑绒做的横圈式加上金色的绳子。那个形状，在莎士比亚的戏中是常见的。

原来想写二十篇的"剑河倒影"，因为这个博士学位给搅乱了。又写了一篇之后，就是离开剑桥的时候了。二十篇的预想始终交不了卷，也只好算了。

此时，台中又出了新的盗印本，包括我那三篇一九七〇年作的，印得更坏，错字更多，到了一种不能看的地步。

这么几篇稿子，本没有成集的可能，但在两次盗印之后，文字已被误植得不成体统；我还是负责把它印出来，以对得起对我的散文有偏好的读者。

在剑桥的好几个学院的晚会中，与人谈起，常常有人误认为我是学文学的，不然，为什么知道那么多文学上的故事？

比如，谈起哈代来，我说哈代应算是

剑桥的，因为他有个朋友在王家学院[1]，哈代受这位朋友影响最深。

比如，谈起莎士比亚来，我立时说出《温莎的风流妇人》[2]是在一个礼拜中赶成的。

比如，谈起艾略特来，我说离剑桥不远的那个小教堂就在他的一首诗里。

有时，我自己也奇怪，这些知识都是什么地方来的呢？没有来美国前，在台北的五年中，我很幸运地做了梁实秋先生的邻居，每天晚上都到他家谈天，五年的时间，他谈得太多了，我听得也太多了。而这种聊天，我到剑桥后忽有一天悟出，不正是不折不扣的剑桥精神吗？

确实是我的幸运，在台北与实秋先生谈了五年天，在剑桥又与成百的学者谈了两年天。每天有解惑后的清明与闻道中的喜悦。所以，我愿不顾寒碜地把这本小书献给他们，尤其是实秋先生。

一九七二年一月十五日于休士顿[3]大学

---

1. 剑桥大学国王学院。
——编注

2. 中文简体版译作《温莎的风流娘儿们》。
——编注

3. 今日通常译作休斯敦。
——编注

目录

实用呢,还是好奇呢?	001
理智呢,还是感情呢?	009
明善呢,还是察理呢?	017
一夕与十年	025
王子的寂寞	033
自己的路	041
图画式的与逻辑式的	051
古瓶	059
罗素与伏尔泰 ——兼答林语堂先生	069
风雨中谈到深夜	079
喷烟制度考	087
不铸大错	095

附 录

数学与电子 　　　　　　　　　　　　　105

三部自传：哈代、温纳与戴森 　　　　　111

现代的司马迁
　　——谈今日的资料压缩 　　　　　121

约瑟夫的诗
　　——统一场论 　　　　　　　　　129

桂冠诗人与桂冠学人 　　　　　　　　137

爱因斯坦的散步及其他 　　　　　　　149

二十世纪的二十个人 　　　　　　　　159

畸人的寂寞
　　——谈谈陈省身的诗 　　　　　　171

霍金在香港发表学术演讲之日
　　——漫谈剑桥大学卢卡斯讲座的故事 　181

儒者的气象
　　——纪念邢慕寰教授 　　　　　　191

失根的兰花 　　　　　　　　　　　　199

万里怀人兼吊戴森（童元方） 　　　　205

编后记 　　　　　　　　　　　　　　215

实用呢,还是好奇呢?

从休士顿中午上飞机,吃两次饭,睡一次觉,就是伦敦了。因为我在旅行之前从来不预先准备什么,更谈不到预定旅馆;在伦敦转了一两个钟头,我也知道不可能找到房间;于是就搭上来剑桥的火车。车厢里只有两个人,我问他:"去剑桥在哪一站下车?"他说,当然是最后那一站。他的意思也许是剑桥而后,还有什么呢?

车厢破烂的程度,我想就是我在廿几年前从西安去宝鸡的火车可以相比。美国有的火车很糟,台湾有的支线上的火车很烂,都比这个火车要强多了。可是,它却有一个特色:那即是烂而不脏。无论多穷多破而不脏,是一种特有的文化。这种文化也许举个例才能说明。我小孩时在北平的邻居是家旗人,每天以典当为生,家贫到了如洗的地步。可是不脏:每天擦呀,洗呀,弄得一尘不染。我想所谓清贫即是如此之谓罢。

于是,这一列清贫的火车穿过山洞,经过绿野,在一片秋光里慢慢停下来,可不是吗?这是剑桥。

好在这是终点,不然我可急坏了。我怎么也开不开门,因为并无把手可开。后面那位唯一的同伴走过来,很熟练地把手伸到没有玻璃的门窗之外,一下就开了。这样烂的车,这种开门法,也是理所当然的事。

这个站,除了是露天外,不比新竹车站大,而出口又有收票处,与新竹站更像了。我好像觉得我又在走出新竹车站,到清华去教书似的。自己提醒好几次:"这是剑桥,这是出牛顿,出马克士威尔[1],出汤姆荪[2]的地方。"我这一行,一下就想出这么多大师出自剑桥,世间三百六十

[1] 今日通常译作麦克斯韦。——编注

[2] 今日通常译作汤姆孙。——编注

行，再乘以三百六十，你看这儿出过多少大人物罢。摇摇头，不大相信。

过了些小街小巷，安顿在一个旅馆里。在飞机上吃足了，并不饿；也睡足了，并不困。反正在这儿的日子最少也有一年呢，也不急于东看西看的。沿着小街，信步走去。眼睛忽然一亮，再仔细一看，不自主地笑起来。难怪小赫胥黎到了美国说："怎么美国连一本书也没有呢！"我来到一个小书铺的前面。

在美国找到一个书店是件很不易的事情。找到一个有点正式的书的书店，更难。而我信步所之，在这么个小街，这么个小店，发现这么多可爱的书，眼前好像有一片眩目的光芒。掏出一把在伦敦飞机场换来，还不大会用的钱，让店东挑了两先令去，带回一本《新科学家》来。

三翻两翻，即看到很熟悉的几张画。仔细一瞧，这些画全是中国的东西，一张是一〇六一年湖北的铁塔；一是一六二一年射火箭的车；一是一六一〇年河北的拱桥；最好玩的是一张木刻，是用河水推磨，用磨拉风箱，用风箱吹起旺火。

细看一下，原来是有关李约瑟新出的一本书的书评。李约瑟这本书叫作《东西方的科学与社会》，大概是他从一九四七到一九六四的论文集。主要的内容是中西科学的比较，中国科学对西方的影响，中国社会与中国科学的关系等等，他发现了许多发明出自中国，并有照片或图画作为证明。

很自然而然地，我们会问：为什么那么多发明，却没有导出像欧洲近几百年的科学发展？李约瑟，画龙点睛的结论是：中国科学在整个发展过程中主要是为了"实用"。

这位写书评的牛津教授反问说："欧洲近五百年的科学又是因为什么发展起来的呢？"当然这是个太难答的问题，不过由李约瑟的书的背面，是否可以看出另一个假设，即是：欧洲近五百年的科学发展主要是为了"好奇"。

说是为"好奇"，也许太专门，不易理解。就拿李约瑟为例，他以半生时间跑遍了中国，又淹在剑桥的书海里，去发掘中国的科学史，这除了"好奇"，还能说出其他的原因吗？

我们反过来问，我们能不能找到一个中国的李约瑟，以半生的时间，淹在南港的书库里去研究欧洲的科学史来解答这个问题："欧洲近五百年的科学发展主要是为了'好奇'。这个假设是对呢，还是错呢？"

我掩卷凝思了半天，我想在中国目前还找不出这样一个"笨"人来。也就是说，在这种笨人不能产生之前，我们所谓的科学，还是抄袭的、短见的、实用的，也就是说，真正的科学是不会产生的。

从楼上望出去，剑桥就在眼前，剑河的水也并不是格外清澄，桥旁的树也不是特别碧绿;峥嵘的楼顶,我们可以建;如茵的草地,我们可以铺。我们同样有不朽的蓝天,同样有瞬逝的云朵。但培养这么多人在这里做好奇的梦,却不是一蹴可几的。

一九六九年九月卅日于剑桥

理智呢，还是感情呢？

我住在剑桥的一个小山坡上的一幢大楼里。这个山叫欣快山,这个楼叫艾德楼。我想如果在一暴风雨之夜,天边有几道如剑的闪光,照着楼前一排冲天的柏杨在狂风中摇荡,再加些雨声与风声的"效果",正好是一部神秘或恐怖片的开始,不必另加布景,就可变成好莱坞的影场。

而当你走进这个楼里,当然是门"吱呀"一响,随后是"吧嗒"一关,跟着是寂无人声。你走一步,地板随着响一下,你更会觉得全身有点冷。

剑桥的传统,一天三顿饭,两次茶,大家正襟危坐穿着黑袍一块吃。所以每天同楼的人都可最少见三次,最多见五次面。你不能总说天气,因为天气一直很好。你也不能总说茶,因为今天的茶与昨天的茶毫无不同。你也不能只跟一个人谈,因为话都谈光了。你又不能找点事儿做,因为那么漂亮的工读女孩子一盘一盘端菜来伺候你。这种环境逼迫着每个人与另外一个人接触,而今天的话题又不会同于昨天的话题。谁知哪一句闲谈在心天上映出灿烂的云霞;又谁知哪一个故事在脑海中掀起滔天的涛浪?我想剑桥的精神多半是靠这个共同吃饭与一块喝茶的基础。这个基础是既博大又坚实的:因为一个圣人来了,也不会感觉委屈;一个饭桶来了,正可以安然地大填其饭桶。

人物呢?四路英雄都有。比如,有一个是剑桥出身的考古学家,今年才八十五岁。如果七时吃饭,他六时半就要从他卧室动身;楼大固然是个原因,走的速度也是很重要的因素。听他说话也得仔细些,因为他忽然说多少亿年以前的事,又忽然转到二次世界大战。我第一天,就与他聊天，聊了几分钟，他全无反应。然后他看我的嘴不动了以后，才徐徐向我道歉。他说："我耳朵有点聋。"我暗叫：怎么不早说呢？

那么，你以为这是个养老院了，并不是。我隔壁却住着正在研究牛顿史的学生样子的修女。你今天在饭桌旁可能碰到个学法律的，一副法官神气；明天喝茶时又碰上个专学南美经济的。还有一天，我的邻座是个机械工程师变成了神父，现在正在探究数学的哲学。他一边品茶，一边问我，世界上为什么有"0"，一边抚摩他的茶碗的边缘。我说："大概是因为有茶碗，所以才有'0'罢！"

昨天，文文静静的一个披头坐在我座旁，说话非常清晰而有力。他是研究伍穆诺[1]的。我没有听懂，再写一遍，喔，原来是 Miguel Unamuno，他大概是存在主义的先河罢。

这位披头学者在介绍伍穆诺说：

---

[1] 今日通常译作乌纳穆诺。
——编注

"哲学的目的是研究'人'。并不是抽象的'人',并不是'人是理智动物'啦,'人是政治动物'啦所谓的'人'。哲学所研究的人应是有血、有肉、有生、有老、有病、有死的人。这个又吃、又喝、又玩、又睡、又爱、又想的人。活生生的人,活泼泼的人,有着种种弱点的人,受着种种折磨的人,才是哲学研究的对象。

"伍穆诺并不是无视于世界其他事物,而是觉得在这个有血有肉的人的面前,其他事物变成黯然无光,变得次等次要。

"而人,真正的本质即是个性。你也可以叫它良心、良知、精神或灵魂。是'个性'在那里活动,是'个性'在那里成长。研究这个有活气的人才是哲学所应做的事。"

我反问他说:"那么,你怎么个研究方法呢?"

他越说越兴奋了,眼睛冒着蓝色的火焰。他说:"研究方法是用诗来鼓舞他,用戏来烘托他,用梦来勾画他。既不是用天上的石头,也不是用地上的石头,更不是用人造的石头来研究哲学。材料吗?是唐吉诃德[1];工具吗?是哈孟雷特[2]。"

"你看,"他滔滔不绝地,"伍穆诺的文字中,莎士比亚与哈孟雷特是不分的,塞万提斯与唐吉诃德是不分的。我想你们中国也有这种有力的工具!"

我说:"是的,曹雪芹与贾宝玉也是常常弄混。"

他然后慢慢地解释给我听:"你想,是说出头发的颜色,衣服的式样,身材的长短等有力呢?还是说,这个人像唐吉诃德可以传来多少精神。"

我反驳他说:"那你的意思是把艺术当成哲学,或者说,把哲学看成艺术。"

他急忙解说:"不!这是哲学,不是艺术。我们研究的是人。仔细说来,是人的两件最重要的事。一、人的不朽:人是如何为争取自身的不朽而挣扎。二、人

---

[1]. 今日通常译作堂吉诃德。
——编注

[2]. 今日通常译作哈姆雷特。
——编注

的完美：人是如何为显示自己的存在而奋斗！是这两件事，是这两种动力，在创造文明。"

"可是，人非不朽，奈何！"

"对了，这就抓到了问题核心，伍穆诺对于'死'三致意焉！……"

我手中的咖啡已经冰凉，他的咖啡在手舞足蹈中溅满一地。我最怕他把话题要转到"死"，我想结束这段谈天，反问他："你看，伍穆诺是否为理智与科学的一种反动？"

"不！只可以说伍穆诺是我们这个时代的先知。因为他生在距今约一百年前。那时的人类之看科学尚是花繁叶茂，还不是像现在似的尘土蔽天。……"

我让这位披头学者说得迷迷糊糊。他的头发本来就长，再加上苍白的面庞与深陷的眼睛，在这并不太亮的灯光下，在这样大的空厅里，还有剑桥的黑衫在他指手画脚下左右飞舞，我不知为什么觉得有些夜寒。

"好了,我们明天再谈,太晚了。"

我从空厅慢慢地走回卧室,忽然觉得这个亘古以来就纠缠不清的"理智与感情之战"的激烈:左边好像是冰山的寒光,右面好像是漫天的野火,而人类呢?在这冰火之间时而颠倒,时而战栗,时而鲁莽,时而畏缩地作茫然行。

一九六九年十月一日于剑桥

明善呢，还是察理呢？

剑河的水是很清澄的，桥边的柳是很妖媚的。但，我想，这些并不是剑桥独有的特色。倒是这样大的草地，这么细得如丝、柔得如绒的绿草，看来令人出神。圣约翰学院的草像一片海，而那堆楼倒像海上航行的古船；克莱尔学院的草像一片云，而那座桥像云堆里浮出的新月。耶稣学院的草地像一个铺满了绿藻的湖面；艾德学院的草地又像一个鉴开半亩的方塘。如果没有草地，那么多孩子的那么多样的梦，何处寄托呢！所以，穿过了五步一楼，又转出了十步一阁以后，必然是一片蓝天与一片绿野涌现眼前。

最能杀风景的倒是我自己。有一天我与一位神甫一同散步，我不由得问他："这么大的草地,谁来剪呢?"

好多人都有剪草的经验,那是件比理发还头痛的事。好像昨天刚理了发,为什么今天又要理发了?草地呢,西边的还未剪完,好像东边又长出来了。易实甫有两句诗:

"春风吹花花怒开,春风吹人人老矣。"

在美国时,我常常一边推草,一边哼哼这两句诗。后来索性杜撰了四句:

"春风吹草草怒生,春风吹发发怒长,几时才得绿满窗前草不除,且留白发三千丈。"

我实在是由于剑桥草地这么多这么大而想到杀风景的问题,没有想到竟由草地而引出一个很耐人寻思的故事:

神甫告诉我:"这么多学院的草地,都是由谁剪,我不太清楚。我们楼前这块草地,是由赫伯特、阿伯特剪的。"

"他是谁?"

"不是他,是他们。这是两个人。"

"赫伯特一定是德国人了,阿伯特呢?"

"赫伯特是德国犹太人,阿伯特是由赫伯特在公园里拾来的!"

"拾来的,是个小孩?"

"不是,也是个老头儿。小孩当然容易被人遗弃,可是,老头儿更易被人遗弃。"

我让他这种倒插笔的叙述法越说越糊涂,我说:"请你从头说起罢!"

"你知道剑桥有个'明善'会吗?当然剑桥的学会太多了,不过这个会是很特殊的。如果把其他的会可以归并成一个总称,叫作'察理'的会,那么,赫伯特、阿伯特这个会可以叫作'明善'的会。

"这个会觉得理是察不完的。如果把

'理'都'察'完再做一件事，那就什么事也不要做了。人生的目的是见到受饿的人，分给他一块面包；见到受冻的人，送给他一件衣服。把那个醉倒的人扶住，把那个跌倒的人搀起，凡是自己觉得是善的就直截了当地做出来。

"人生的光荣，是不踏死路旁快死的虫，是不摧残树下受伤的鸟，是把自己口袋里的钱分出一半来，给一个需要那一半钱的同类！

"赫伯特是这么个会的会员。他很可能是在希特勒执政时对于犹太人的悲惨如蚁的残酷命运，所受刺激过深，所以他变成一个服膺明善会的会员。

"他是二次大战时移民到英国的。很早就住在剑桥了。他好像最初还租所房子，有点营生；但因每天房里睡满了他捡来的饿汉，廊前倒卧着街头拾来的醉人，邻居们把他赶出来，于是，他变成了这里推草的工人。

"推草的工作并不重,他一个人管也尽够了。可是他又到公园里拾了个阿伯特来。学院的院主说,我们既没有可做的工作,又没有这份钱粮,可是赫伯特愿意把床改成两层,把面包分成两半,把阿伯特在人生的孤崖上挽回来。

"于是,我们学院里有一份钱粮用两份人工的事。你看,除了草地他们推得特别平整外,那边的树丛不也是修剪得格外有致吗?

"我想你看到过他们的。他们住的屋子距你不远。你有工夫时可以约他们到你屋里喝点酒,酒是可以温暖的,在这萧瑟的秋天。"

"神甫,我知道了,你不必再说了。"

当然剑桥有的是可歌可颂的故事:牛顿树的艰难移来,拜伦像的进退维谷,培根的手泽,罗素的巨帙,马克士威尔的论电波以通鬼神,卢森弗德[1]的裂原子而惊天地……都是有光,有电,有色,有声。

1.今日通常译作卢瑟福。
——编注

可是，像赫伯特、阿伯特的传奇，却是我所意想不到的。

我站在草坪前，凝望着那一片绿烟，在想：几百年来，不知有过多少剑桥人注视着这片草地在那察理，在那穷天；而赫伯特、阿伯特呢，却是把草剪平、扫净，并洒上自己一些谦逊的梦想。

一九六九年十月十四日于剑桥

一夕与十年

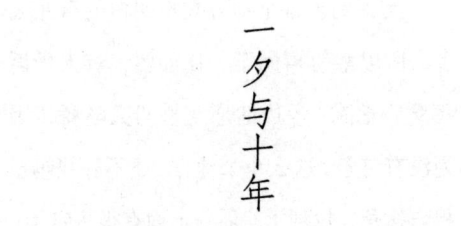

反正剑桥这个地方我不明白的事儿太多，所以懒得再问了。比如罢，有人告诉我皇后学院[1]旁边的那座桥叫数学桥，因为没有钉子。这么小个地方，还不好找吗？拐弯抹角，找到了一看，上面有很多钉子；这怎么能说没有钉子呢？再有呢，每天吃饭的大厅都是电灯通明，为什么礼拜四却是高烧白烛呢？"未知生，焉知桥与烛"，不问，算了。

今天的烛光好像特别幽暗，坐在我对面的那位生朋友口中念念有词："马克白[2]把生命比作风前的烛，我们在幽夜里看到摇曳的光。"让他自己暂且在那儿背诗罢。我左边坐的却是又一位从未谋面的人；一问之下，他是教逻辑的。坐在我右边的呢？

---

1. 剑桥大学王后学院。
——编注

2. 今日通常译作麦克白。
——编注

是个学古典文学的学生。所谓古典是希腊与罗马，他是唐宁学院的，为什么今天到此地来了呢？反正不明白的事儿太多，"未知生，焉知古典与逻辑"，不问，算了。

今天岂止有烛，这不是还有酒吗？于是，酒酣之后，继之以耳热；耳热之后，继之以脸红。一刹那间，好像四个从未谋面的人成了久别重逢的好友。差不多四五个人一组，这一排一排的黑袍，分成若干若干组，就这样自然而然地谈起来了。

坐在我左边的教授说，他非常恨那些并不懂什么而偏爱在那儿写书的人。所以今天上课时，不是应该开几本参考书吗？他说他在黑板上所开的，不是参考书而是要学生"尽量避免看，绝对不要买"的十本"杰作"。他说："我的演讲，足够使你头昏脑胀而有余，不用再买那些书了。"我差点儿把已到嗓子的饭喷出来。

坐在我对面的这位"诗人"原来是老剑桥，回娘家住些时日的。他接着发言了：

"没有见解的书,最好写在厕所的墙上,或是三一学院的黑板上。"我不懂这是什么意思。他为什么骂三一学院,正要问问这位学古典文学的右邻,诗人接过去了。他举例说:"你知道世界之大,无处没有文学。在宫廷有宫廷文学,在山林有山林文学,在湖边有湖边文学。而任何地方都有厕所,所以无处没有厕所文学。"

"厕所文学给人的影响还在其次,主要的是一定把厕所的墙弄得稀脏,到一种不堪入目的地步。如何才能杜绝厕所文学,是一个宇宙性的无法解决的人类难题之一。"

我这个听"众"实在感到茫然,不知他要说什么。他继续说:"剑桥的三一学院,今年盖了个厕所,一位校监料到一定有厕所文学家出现,他干脆把厕所的墙弄成黑板,并且把现成粉笔放在那里备用。厕所文学于是大批出笼。不过,很容易擦,每天擦一下也就是了。剑桥解决问题的办法，你看是否独创一格？"

"我实在很钦佩这位学监的独到办法，"我说，"应该请这位学监到我们控制系里想点办法。"问题是这样的："你知道这个邻近统计系的控制系，总是离不了计算机的。系里的计算机是由政府花不少钱买来的。因为很贵，所以特别派两个技工使用，不论教授学生的题目，计划好，由这两位技工把它弄上机器。但技工下午五时就得下班，而一个题目，白天总是弄不出什么结果的；得弄到深更半夜是常事。可是五时该下班走了，不是计算机要睡十六小时吗？如果给技工加班罢，但无处去找加班费，因学校无此预算。结果是计算机放在那里'日入而息'。不知三一学院的学监能想出点办法否？"

不知为什么，这段话却触动了逻辑教授的灵感。"有一办法。"他说，"其实这办法也不是我的创见。这是一个宇宙性的人类难题之二，不过，却有解法！"

"你知道逻辑大师是怀德海[1]了。怀德海一传而至罗素,再传而至维根斯坦[2],你知道我们这一行是怪符号要比字多的。那些符号都是打字秘书所最头痛的。所以想出版一篇论文,打字的时间有时比写作的时间还多。再好的秘书打这稿子,也没有不头痛的。当然五时以后是绝对留不住任何秘书打鬼画符的。维根斯坦的办法是拉秘书下海。他把符号给她讲明白了,让她了解她打的是什么。结果效率大增,也无所谓下班时间或加班薪水了。而这位女秘书就是安兹克,早已成了牛津大学教授,现在变成剑桥大学的讲席。所以说,要想技工逾时还工作,最好的办法是把他教懂。他必随你下海。"

他也许多喝了两杯,过甚其词,来个苏东坡的想当然耳的笔法,我倒因此知道了现在的哲学权威是安兹克。

就是吃这么一次晚饭,我好像觉得我走进饭厅时与走出饭厅时,除了胃里感觉

---

[1] 今日通常译作怀特海。——编注

[2] 今日通常译作维特根斯坦。——编注

有所不同外，脑筋似乎也有所不同。好像有好多观念在辐射你，有好多想法在诱引你。不知是哪位圣人创出剑桥这种制度，这种制度是无时无地不让你混合。比如教授与学生混合，喝茶与讲道混合，吃饭与聊天混合，天南的系与地北的系混合，东方的书与西方的书混合。至于行与行间的混合，他们以为更是理所当然的事。生物化学家忽然变成了考古，工程科学家忽然搞起经济学，搞抽象数学的到实验室做起实验来，女秘书造诣而上成为教授，你就知道这个学校之怪了。

喔，我明白了，今天可能是又一次、又一种的新混合。用杯中之酒来烧软了如铁的死头脑；借促膝之谈，激出智慧的新火花。"与君一夕话，胜读十年书"，我以为只是说说而已，而在剑桥竟真有其事。

一九六九年十月十六日于剑桥

王子的寂寞

一个学生样子的少年,正在一个茶馆旁锁上他的自行车。三五个在路旁的人注视着他指手画脚的,也听不清他们在说什么。我与彼得正从路旁穿过,我问他:"这是怎么回事?""等一下告诉你!"他轻描淡写的,目不旁视地继续向前走。我一边紧跟他的步子,一边追问他。等我们走了五六分钟,他才说:"那个锁自行车的学生就是正在剑桥念书的查理斯王子[1]。"我对他这样迟迟作答很气;我想立即回头再看一下或打个招呼,可是已离得很远了。

在我回头时,彼得对我怒目相向,且冲口而出:"给人家点自由好不好?"我没有再说什么,头也不回地跟彼得继续往磨坊巷的方向走去。

---

1. 英国查尔斯王子,现任国王。——编注

我不好得罪彼得，因为他从不乱说话。他说话之有分寸，有时令我吃惊。为缓和我与彼得之间不融洽的气氛，我说："我们中国从前也有皇帝，而皇帝也骑自行车。"他果然轻松下来，追问着说："你先说你们的皇帝，我再说我们的。"

"我们中国大清皇帝最后一任叫作宣统。民国成立以后，这位皇帝还在紫禁城里坐了十几年。他是三岁登基的，到十几岁才不做了。他十来岁的时候，要学骑脚踏车。可是，皇帝怎么能学脚踏车呢？一来呢，我们中国的宫殿多是门限，门限也者，像小墙似的横在门前，什么车也不能过。二来呢，学脚踏车一定要跌倒几次才学得会。让皇帝跌倒怎么可以呢？"

彼得越听越有兴趣。我说："这两个问题是这样解决的：把每个门限都锯一缺口，是为皇帝练车，这当然不难办到。而我们中国皇帝学车时，也同样受你们牛顿地心吸力而跌倒，却不易找出防止的办法；

最后是由好几十个太监出动，站在路旁排成了两道人墙，皇帝跌不到地上。于是皇帝学会了骑车。但，谁愿意在两道人墙中间骑车呢？他很讨厌这些太监，所以就快骑，人墙不够用了，所以两排太监跟着跑。皇帝看着两排太监跟着跑更生气，所以他就突然急转弯，突然停住，弄得太监前仆后继，左倾右倒，无所适从。"

彼得还以为我在造谣呢，其实我是刚刚看完溥仪的回忆录照实而说。因为这一景太逼真，我们两个都笑起来。笑后，我又继续说："那时候，电话刚发明，当然皇帝的皇宫里也装上了电话。皇帝想试试电话灵不灵罢，拿起电话筒来，却感到茫然，不知打给谁。他忽然想起他唯一认识的人是曾听过一个杨武生的戏的杨武生。于是只有向杨武生家摇通电话，大喊：'来者可是杨小楼吗？'"

我一边说，一边笑。我觉得这段话如用国语说给一个中国朋友听，一定两人笑得前仰后合，而用英语说给英国人听，未免减色。

当我说完"皇帝拿起电话筒来，打给谁呢？"彼得已陷入沉思；等我说完了杨小楼，他根本未听见，而忽然正色曰："你觉得一个社会这样对待一个人，公平吗？"然后他继续说："这位查理斯王子的祖父乔治六世也是在剑桥念书。可是因为乔治六世念书时是在剑桥外面住了三年，剑桥连一个朋友也没有交到。时光如飞，这位查理斯王子又来了，所以现在的女王决定要他住在三一学院，好与别的学生一样。他现在好像有几个伙伴了。有时候出去打打猎，又有时候演演戏什么的。

"剑桥的学生，差不多都是上一半课，旷一半课，而查理斯因为是王子，所以上三分之二课，只旷三分之一的课。他入剑桥，教师协会还抗议，说他中学成绩不够剑桥标准，说他利用皇家势力。后来剑桥把他的中学成绩公开了，教师协会才不说话了。

每个学生都邀女孩子开舞会,他还未用腿走半步,刚用眼一扫,第二天即上了报了。有汽车时,人家说他招摇过市;骑脚踏车,却总跟来一群人,在旁指手画脚。好像命运注定了该受寂寞的包围,寂寞像湿了的衣服一样,穿着难过已极,而脱又脱不下来,你说这不是社会在虐待一个人吗?"

彼得说他们的王子时,由面部到内心竟然感到如此痛苦,却是我始料所未及的。

因为他平时常对我说,英国是保守的,但保守并不是一个不好的形容词。保守也者,是为既存文明作辩护的。不必说这些保守制度传下来文明所具的功劳;即使是有百非而无一是的罪犯,一个文明社会不也得给他辩解的机会吗?我觉得彼得是个彻头彻尾的保守派,所以我反问他:

"既然如此,何必保存这个君王制度呢?为了君王自己的快乐,也早该把君王制度取消!"

彼得立时针锋相对地说:"你在美国

待久了,觉得人生的目的是在追求快乐,追求快乐载在他们的《独立宣言》上,是不是?并不是的。有意义的人生只是减少痛苦而已。起码说呢,减少自己的痛苦;往大处说呢,减少别人的痛苦。快乐者只不过是减轻痛苦的错觉罢了!"

"哎呀,磨坊巷都走过了。再见,彼得。"我自己一边急步踏着落叶,一边想:"不知什么时候,这位保守派变成了佛家,'众生同苦',现在的王子,未来的国王也不例外。"

一九六九年十一月十一日于剑桥

自己的路

剑桥有个很大很新的学院,叫作邱吉尔学院[1]。它离校中心相当远,建筑也不是传统式的。一走近时,好像到了一个美国西部的大学。进入大厅后,有一个邱吉尔的雕像在那里凝视,没有一丝笑容。从四面八方而来的研究科学及艺术的人,很多是进这个学院。院长呢,是霍桑教授。我初到此地,他请我喝酒那天,我想问问他剑桥何以有邱吉尔学院,我准知道邱吉尔与剑桥没有关系。但因喝酒时我顺便送给霍桑教授一本我去年出版的书;他翻阅时,就谈起一些自动控制界的老人。话题一转,把我想问的问题给忘了。

有一天喝茶时,碰到一个也在邱吉尔学院的病菌学教授,我又问他,邱吉尔与

---

[1] 剑桥大学丘吉尔学院。
——编注

剑桥究竟有什么关系。他似乎说，二次大战时邱首相要随时咨询开温第士实验室[1]的研究情况，大概这是邱首相与剑桥最有密切关系的时期。但他也说不出剑桥与邱吉尔的特殊关系来。没有想到这位病菌学教授比我兴趣更浓；没过几天，他忽然约我星期天坐巴士到牛津大学去玩。他说要路过邱吉尔的出生地与邱吉尔的墓园。为了路上聊天方便，他说不要自己开车，坐巴士最好。

巴士在英格兰的原野上奔驰。看来是一副典型的半阴不雨的英格兰天气。如果用画笔画呢，两笔似乎就够了。先用有墨的笔沾点水，在上面一抹，那是天；然后再加点绿在下边一抹，那是地；这幅灰、暗、冷、清的画面差不多就算完了。当然在这两抹之间，偶尔有些笨树，像八大山人之笔所画的，乍看起来很笨的树；偶尔有些老屋，像美国那位老祖母画家所画的类似童画的那种老屋。这整幅天气给人的

---

[1] 今日通常译作卡文迪许。该实验室由卡文迪许私人捐款兴建。
——编注

印象，正似英国人的言谈与神色：低沉又暗淡；可是为什么竟出现了一位声如雷霆，光如闪电的奇才——邱吉尔？

我忽然想起我小时念的祖父论申包胥的文章，至今仍能背诵如流：

> 四海鼎沸之日，中原板荡之秋，不有人焉，屈身为将伯之呼，则宗社沦沉，万劫不复。士不幸遇非其主，无由进徙薪曲突之谋。一旦四郊多变，风鹤频惊。……

哎呀，我连一个字也不必改，就可以说成邱吉尔。当然英国的君主没有申包胥的君主有权。这里的"主"可以解释成英国人民。我们看只要是英国岌岌可危时，邱吉尔一定是事先再三提出警告，而人民也一定不听他的。但等到草木皆兵时，邱吉尔却总是从容受命，拜阁登台，扶大厦于将倾，挽狂澜于既倒。他好像知道大任所在，非他莫属。比诸葛亮高卧隆中时，对于天下大事所做种种出山准备还要充足。及至狂风已起，山雨已来，好像天地间只有这么一个巨人，领袖群伦，安然应变。我们试听他所擂起的鼓声："我们要战，在海滩，在天空，在巷角！""我们所有的是汗，是血，是泪！"他在美国演说与求援时，说："我身上流着一半美国的血！"因为他母亲是美国人，这话没有一字不对；可是那话后的辛酸，出自一个傲岸的英人之口，已经近乎秦廷七日之哭了！我没有办法不低首膜拜这样一位令人神为之迷，目为之眩的亘古少有的英雄。

我正在想他那些作珠玉声，作金石声，作春雷声，作时雨声种种从沁人肺腑，到震人心弦的词藻，我们的巴士已到了邱吉尔家八世祖所传下来的裂土封王、世袭罔替的汉宫。

我下车后，好像刚从梦中醒来似的。定睛一看，这幅眼前的画却太诱人了。

左边这半边天好像都是宫殿，像山似的一片黄色的宫殿；右边呢？是两个大湖，像海似的两座蓝色的大湖。中间有一长桥，长桥过后是一古塔，古塔过后是两排直到天边的树。不知是开天辟地时，大匠特别细致；还是当初建宫时，工人格外用心；这里的草坡是明媚的，草坡下的湖水是明媚的，湖水中的岛是明媚的，岛上的树是明媚的。不像是自然的，不像是画的，而像湘江少女一针一针绣出来的。

大家站在桥上，有人醉在这忽现的风光里，有人醉在如云的梦境里。在一片惊讶，而又一段安静之后，有一个人说："邱吉尔的妈，到这儿来野餐，一不留神，生出邱吉尔来。"大家全笑了。另一个接着说："邱吉尔捉迷藏所跳的桥，该不是这座桥罢？""大概不是，因为这桥边无树丛，如果没有树丛缓和一下，他在三丈多高的桥上跳下来，是活不了的。那我们现在该在纳粹的集中营里了。""邱吉尔为什么从桥上跳下去呢？"一个小孩扬着好奇的脸在问。"他们捉迷藏，他不愿让人捉住，而桥的两端均有人堵住，只有从桥上往下跳了，皮破血流，三天不省人事！"小孩的母亲俯着身回答她的孩子，同时拉紧了小孩的手。

再上车后，大家的话题全转到邱吉尔身上。但谈话刚要开始，车就在一小镇上停下来。这样大的巴士，在这样狭的街上，显然转不过弯来。所以人下车后，巴士就去转弯去了。我们排成单行沿着砖砌的小径往土坡上走。是一个比我家乡土地庙还小的教堂，旁边有横七竖八几块墓碑。靠路边最近那块大理石有四尺长三尺宽罢，上面刻着邱吉尔的全名及生年和卒年。而我们这群人中，有的人还半信半疑地继续张望找邱吉尔的墓；有的人摇头，硬是不肯相信自己的眼睛；有的人一脸严肃在画十字祈祷；有的人一脸惊讶，说邱吉尔恐怕是葬在伦敦的西敏寺，而并未在此；我却陷入汹涌的思潮里。

邱吉尔幼年所遭的坎坷是史无前例的。同班同学，人家都学拉丁文了，把他编入低能班，只有资格念英文。人家都用希腊文作诗了，他依然在低能班念英文。邻居指手画脚地叹息，为什么这样个名门贵族出这种白痴；连他父亲也不理解自己的儿子，委婉着劝他投考军校；同学们当面恶作剧，老师们当众给难堪。天之昏，地之暗，不是一个孩子所能承受的。

我记得我二十年前读他的幼年自传时，就激动得想哭；现在想起来，还是五内如沸。邱吉尔好像只有一个老师威林顿安慰过他："你会奋斗出一条自己的路来！"

是的！这句话成了邱吉尔心上的座右铭。于是以这样一个受尽了奚落的少年白痴，而天下风云因之变色，世间江海因之倒流，他挽救了英国的危亡，扭转了人类的命运。

我想剑桥的邱吉尔学院，与其说纪念他的盖世功勋与弥天文采，不如说掬全国之至诚向这位自己开路的人致由衷之感激与无上的崇敬罢！

一九六九年十一月廿一日于剑桥

图画式的与逻辑式的

等到我听说有渥尔特的演讲这回事，时间已经来不及了。及至我赶到那里，他已经开始讲了，满坑满谷的人，我只好坐在地上。他正在一字一句地清清楚楚地交代，从哈特来所作机械式的脑波学说开始。但我越听越紧张，越兴奋，一边自己在讲："这真是石破天惊之论。"在归途中，我翻来覆去地想；回到屋里待在桌前，翻来覆去地想；睡到床上还是翻来覆去地想。

想什么呢？要从十二年前说起。

我那年暑假在纽约，常找胡适之先生去谈天。有时他打电话叫我去吃饭。我那时逐渐悟出胡先生谈话之平静，发而皆中节，丝毫不动火气。比如，当时台湾香港好些学者对于胡先生责备得很激烈。他只说:"我们训练不同。"我从来不见他对此事有丝毫火气;可是,唯独提到铃木大拙,胡先生却说:"铃木在那里骗外国人呢!"这句话听来是很刺耳的,不像出自胡先生之口。我当时觉得胡先生不该用这种口气。胡先生对于一个那样对禅宗用功的铃木,而从根本怀疑他的诚恳,是件令人不可思议的事。可是胡先生不仅用这样刺耳的话,而且用过好多次。我也看得出他很生气。而铃木呢?正在哥伦比亚讲禅宗,也丝毫不客气地说,胡适之根本不懂禅宗。

我为了好奇,买了两本铃木的书看。有一本好像后面有禅诗中文原文,所以我就从后面看起。除了有些不成其为诗的"坏诗"外,我念来觉得都蛮有味道的。比如:

花落春犹在,鸟鸣山更幽。

乍看这诗时,是这样想:"花落了,

是春去矣，为什么春犹在呢？鸟鸣了，是山不幽矣，为什么山更幽呢？"但是，再念一两遍时，味道就出来了。

而那时，胡先生正在考证禅宗的历史，胡先生给我解释过，禅宗也者是为革命的，而革命是不择手段的。然后他就用各种考证证明他这种学说。

我不懂禅宗，可是禅宗只有历史，没有本身这件事，对我是怎么想也想不通的。正如一封没有信的信皮。我总觉得胡先生所说的是邮戳，雨渍，信封的纸，发出的日期。而信之所以为信，我想最主要的还是信纸上写的是什么，上面有什么消息。

对于一个很尊敬他的人，产生这类不同意，是件很痛苦的事。所以当时我就想，大概胡先生与铃木不是一类人。而人与人并不一样，有人有色盲，不辨二色；有人有味盲，不辨五味；这并非训练不同，亦非语言不通，而根本上是两种人。自然啦，我这只是一种自己的想法，既无从证实，亦无从反证,到了剑桥以后的前两个礼拜,与人谈天时,免不了谈罗素。因为我们中国人也不知道别人,我何能例外。但与人谈来谈去,把书看来看去,我又得出一个非常类似的印象。那就是罗素与他的老师怀德海味道既不相同,与他的弟子维根斯坦味道也不相同。

怀德海与罗素合著那套《数学原理》,两人初期相同之点太多了。可是到了后来,怀德海与罗素之论调竟不同到如此程度:

怀德海对罗素说:"我看这个世界如晨曦,你看这个世界如正午。"

而罗素说怀德海呢:"怀德海后来根本是柏格森的信徒!"我们会自然而然地想,这两个人为什么竟如此不同?

维根斯坦是二十世纪最大的哲学家了。他的讲逻辑的书是在意大利的狱中写的,罗素通信指导的。而维根斯坦后期在剑桥主讲哲学时,竟出现这种词句:"冰最干净,毫无摩擦,但冰上不能走路!"

他以为哲学的任务不是只是责备别人说："一派胡言"；而是把一派胡言接受下来，加以分析。所以维根斯坦的哲学又叫作语言哲学。从前哲学界认为毫无意义的胡说，把说者拒之于千里之外的，现在竟变成有意义的了。

至此，罗素与维根斯坦又闹翻，罗素客气时说："我不懂维根斯坦的东西。"不客气时说："学哲学到牛津去，不要去剑桥！"

我又在想，是不是人与人不一样，即使是训练也没有用。维根斯坦倒是受过罗素的训练，而后又从那种训练里跳出来。

我那天坐在地上，听那位当代脑神经实验权威渥尔特每句话引来一个高潮的演讲时，他这样说："脑中有一种阿尔发波奏，频率是每秒十周，看来似乎与视神经有关，可又不然。因为很多人有此波，而很多人竟无此波——无论何时也无此波。而我呢？却正好属于没有此波的那类人，我周围的同事都有,而我竟没有,我自然不能无动于衷。难道我是某一种脑盲吗?倒不是如此。研究的结果,凡是没有此种波奏的人想一件事时,总是图画式的。而有此波的人,却是抽象式的。无此波的一类,宜于做图画式的研究,比如生物研究啦,实验物理啦;而有此波的一类,则宜做抽象式的研究,比如理论物理啦,逻辑数学啦等。此波既不会因训练及教育而产生,也不会因训练及教育而消灭,正如训练与教育无法使眼珠变色,无法使血液变型一样。"

他继续说:"所以,做人的第一任务,是发现你自己究竟以何种方式来思考最为有效;你究竟是图画式的思考方法呢,还是抽象式的思考方法?做人的第二任务,乃是为了把你所思考的传达出来,你得有传达的工具。你如用语言传达出来,你得会说;你如用图画传达出来,你得会画;你如用舞蹈传达出来,你得会跳;你如用音乐传达出来,你得会唱;你如用数学传达出来,你得会算……"

原来人与人竟不同到如此程度,对于一件事的意见相左也是很自然的现象了。是不是胡适之、罗素的阿尔发波特别高?是不是维根斯坦、铃木没有阿尔发波?我们这些平常人是不是阿尔发波若有若无,不高不低,所以总觉得胡适之、罗素等有些执拗,而觉得维根斯坦、铃木等又有些含混?

一九六九年十二月一日于剑桥

古瓶

上次来牛津时,认识了一个牛津的Don。新年前后,他邀我到牛津来玩,他在信里说:"牛津何时成立的,没有人弄得很清楚,不过,我们却很清楚地知道,牛津比剑桥早六十年。"我到现在也不知剑桥的历史,也没有兴趣去研究剑桥的历史。可是,我这位朋友总是把牛津、剑桥对比着说明一切。有些话,我实在翻译不出来,比如:"Oxford teaches you nothing about everything; Cambridge teaches you everything about nothing."这种对偶式的妙句,倒真像牛津的出产;王尔德一生似乎全是在搞对对子的生涯,不知这句话是否出于那位玩世牛津仔。

英国人似乎有酒才有话;他喝得越多,

话也就越多。我有问，他必答。英国人的英文，很不清楚，但非常明白；音调重而好听。屋外正落着雪，屋里是壁炉的火光。我卧在沙发里给他出题目，他在屋里走来走去地回答。

"牛津究竟是什么人创的呢？"

"我是不知道，我想从来也没有人知道。并没有人要创牛津，牛津是在这块地上长出来的。你能说一棵大树是谁创的吗？当初是教会的一群'和尚'，就算是这里面的学生罢，穷得吃不上饭，有时就到城中乞讨，也许乞讨不来，看主人不在，即自己拿块面包。所以牛津城与牛津大学永远搞不好。失主与小偷是不是不易搞好？"

"学生又是乞丐，又是小偷？"

"当然乞丐与小偷的时代早就过去了。不过，市民与学生冲突的标志，在在都是。你看，这么多学院，是否建筑有一同样的特征？"

"我觉得牛津与剑桥的学院,都好像我们中国的四合院,不过是楼房的四合院。这是怎么个传统?"

"你随便举一个学院为例罢,一定是外面的窗子似乎又小又少,又有铁栅;而里面的窗子又大,又多,又没有铁栅。这就是为市民进攻学院时,大门一关如一小城,作防守用的。"

"那么大学本部是什么建筑呢?"

"只有学院,没有大学本部。你如果由火车站出来叫计程车,要去大学本部的话,我想他会思索半天,最后是拉你到校警队去。学生最忠诚的是对他自己的学院。在那里吃,在那里住,在那里学,在那里成长。在学院时,划船是为学院争光荣;出去做事时,是为学院争声誉;死后的遗嘱是把财产捐给学院。牛津的学生对于他的学院的忠诚,也许就像你们中国人对自己的家的忠诚一样。"

"那么牛津、剑桥究竟算是公立的呢,

还是私立的呢？"

"怎么可能是公立的呢？仅是这些遗嘱捐出的，就使每个学院成了大财主与大地主了！"

"那么究竟怎么个组织呢？"

"无组织。连院长也不知一个学院如何工作。不过当学生的，一个礼拜要见一次导师，谈一小时。这一点一个学生应该知道。导师呢？我们这里有一个脱了袜子，躺在地上，看着天花板才能指导学生的导师。学院里当然没有规定导师不许脱了袜子讲书！这里的'三脚凳'（相当于系罢！）的名称可多了。比如'哲学—政治—经济系'，比如'哲学—政治—心理系'；比如最近成立的'人类科学系'里面包括社会学、心理学、生理学、遗传、统计学，由都市的寂寞到性的关系，都是我们这个人类科学系所研究的范围！"

"先生如何肯教，学生如何肯学呢？"

"因上课不是强迫的，你如教不好，

由开学时班上几十人到学期终了变成没有人。没有学生也就无所谓先生了,这位教师还待得住吗?这叫'自然平衡'。学生呢,每个礼拜爱念什么念什么,他就想与导师会谈时,把导师辩倒,他才快乐。这叫'自然学习'。牛津的学生大会,双方辩难,那是最著名的了。那比伦敦巴立门的辩论精彩多了……于是,有的学生对着镜子整天练演说;有的学生在草地上练跑步,准备赛划船;有的学生在实验室弄怪实验把别人搞糊涂。总而言之,爱干什么干什么。好多人当然待三年任什么也没有干。比如:著《罗马衰亡史》的那个吉朋[1],他是牛津的,他就说,在牛津三年是他一生中最懒惰、最不出产的三年!比如创'物竞天择论'的达尔文,他是剑桥的,他就说,在剑桥三年任什么事也没有做!吉朋与达尔文似乎是在讲一个人应该总像蚂蚁似的在那儿不休地工作,才算工作。而一个人今晨工作的成绩是否由于昨夜的安眠,我

---

[1] 中文简体版为爱德华·吉本所著《罗马帝国衰亡史》。
——编注

想连吉朋与达尔文也无可强辩！如果说在牛津睡了三年觉，结果变成了吉朋；在剑桥睡了三年觉，结果变成了达尔文，这些结果，也并不太坏呀！"

"据你看，牛津与剑桥有什么分别？"

"这只能用个故事回答。比如大数学家哈代，原是在剑桥的，可是后来他来牛津，可是后来他又回剑桥。你猜为什么？"

"我知道哈代的。不过，我只念过他的《纯数学》[1]那本浅书。我以为他根本是剑桥的。"

"德国的赫伯特大师到你们剑桥去看哈代，赫伯特看到哈代的屋子那么小，气得直发抖。然后写信给三一学院的院主，抗议剑桥虐待大师。后来牛津把哈代请过来。"

"那么哈代又为什么回到剑桥去呢？"

"人都有老，他老了。牛津对老教授不买账，让他们躲到一边去。可是剑桥

---

1. 中文简体版译作《纯数学教程》。
——编注

对老教授比较好些,所以他又回到剑桥。"

我这位朋友越说越兴奋,都不大像个英国人了。我再问他:"你看其他的大学与牛津、剑桥相比如何呢?"

他知道我从休士顿大学来的。他对于我这个问题避而不答,他笑着说:"剑桥的学院与学院间先比划船,牛津的学院与学院间先比划船,两校再到伦敦泰晤士河去赛划船;这是每一年的英国大事,我还未听说过别的学校受到邀请过。"

我没有说什么,大概心里不太是滋味。他于是直截了当地接着说:"这两个老大学,似乎把学生当成生物,让生物生长;别的所谓'大学'似乎把学生当成矿物,让矿物定型。我也许今天喝得太多了。"

我们结束了这夜的谈话。但我回到床上似睡不睡,不知是不是一个梦,我好像看到窗前桌上有两只古瓶,瓶口插满了花。窗外是日夜在循环,晦明在交替,风雨在吹打。窗内只有这么两只古瓶沉重地立在褐色的桌上,瓶口的花放着幽香。

一九七〇年一月五日于牛津

罗素与伏尔泰
——兼答林语堂先生

刚看过林语堂先生在《"中央日报"》所写的伏尔泰，忽然听到罗素逝世的消息。这好像是两件毫不相关的事。可是拿伏尔泰与罗素相比，倒真有好多类似的地方。两个人似乎全与教会及政府干上了；两个人似乎全有虽千万人吾往矣的勇敢；两个人全出入监狱好几次；两个人似乎都有想说什么就能说什么的文才；两个人都觉得天下的事就是自己的事；两个人全活了很大的年纪。即使在好多细枝末节上，都能找到他们相似的地方，比如：伏尔泰是洛克的传译者，而罗素的人文思想多来自洛克；又如伏尔泰与卢梭由相识而相恨，罗素与劳伦斯由相交而闹翻。再加伏尔泰对于中国文化有一份不寻常的挚爱，而罗素到中国时对中国生活有一种不寻常的欣赏。

罗素与伏尔泰不同的地方是：罗素的技术是逻辑，伏尔泰的专能是戏剧。不过，"逻辑的罗素"与"人文的罗素"是两个罗素，连罗素自己也不时提醒读者不要把这两个罗素相混。"逻辑"是专家们的事，也是他早已不做的事。但他的人文思想，影响着世界各个角落，这么多年，我们不能不仔细看，它究竟是什么。在分析中，当然不免涉及伏尔泰，我愿意同时把林语堂先生的问题作一适时的回答。

在罗素出版《数学原理》的同年，剑桥三一学院另外有一大师莫尔[1]，出版了一部重要的书，叫作《伦理原理》[2]。莫尔的思想一直到现在影响着剑桥的哲学。他的主要论点是："你不能由'不是伦理界的事实'中，来吸取伦理的教训。"如果用中国的例子说：由于"天行健"的物理事象的观察，永远不可能达到"君子以自强不息"的结论。换句话说，研究天文物

1. 今日通常译作摩尔。
——编注

2. 中文简体版译作《伦理学原理》。
——编注

理化学，永远不能引出价值的观念与道德的标准。莫尔这套理论很像张飞在当阳桥之一吼，桥断水腾，所有追兵全过不来了。因为教会的许多理论，都是像《易经》上的论断方法，由物理上的观察引出道德价值的判断来。

那么，道德的判断与价值的高低何由决定呢？莫尔的理论是靠当时的心理状态。换句话说，我说这件事情是"错"，你说这件事情"对"，正如我此时爱吃"甜"的，你此时爱吃"辣"的一样。用中国的例子说："王坐于堂上，有牵牛而过堂下者，王曰，吾不忍其觳觫，若无罪而就死地，以羊易之。"孟子非常称赞齐宣王的道德，于是申述他的"见其生，不忍见其死；闻其声，不忍食其肉"的君子哲学。这即是说，道德的抉择悉凭当时的感受，而不是说理。

罗素深受莫尔这两则原理的影响。可是罗素也知道你的感受与我的感受如果不同呢？罗素的底牌是直接承受了洛克的教训,即是"容忍"。或者用他自己的话说:"咱们各说各的偏见!"或者用伏尔泰的话说:"我不同意你,但拼命维护你说话的权利。"

以上三条纲领,是罗素人文思想的大概。用一句话说,罗素的人文思想是很主观的。所以如此主观的原因是人类无法客观。

既然道德与价值的判断是凭当时的心理状态,那么就没有什么客观标准或整齐划一的可能了。我们寻着这条线索简单的复按罗素的言论:

在第一次世界大战时,罗素是反战的,因反战被剑桥三一学院开除。而第二次大战时,敌人差不多与第一次大战时相同,但罗素拥护应战。所以如此不同,只能说罗素的心理状态不同。

又如第一次战后,罗素抱着希望去看革命后的苏联时是一种心理状态,但由苏联失望而归又是一种心理状态,他竟能在几个礼拜之中,完成了他那著名的对布尔什维克的痛骂。

罗素的心理状态表现得最特殊的是在一九四九年（一九四九年我们该想到中国大陆、希腊、土耳其等的情况）。罗素有过这样的谈话：

"在苏俄未有原子弹之前，我们必须给苏俄一哀的美敦书[1]，如果苏俄拒绝，我们就必须使用原子弹。对苏俄一战成功之后，世界上将产生一新的文艺复兴，带来新的创作，使人类精神为之大进步，使人类的政治、科学及艺术臻于新成就。如果在苏俄未有原子弹以前不行动，那么，我们只有以坐以待毙的方式，让它来统治我们！"

而一九六〇至一九七〇年，他的论调，整个转了一百八十度，他连续不断地在伦敦方场上坐地示威，入狱抗议，大骂起美国来了！

他这些忽天忽地的论点，有时候使我们称快，有时候使我们称奇；有时候使我们怀疑，有时候使我们怀恨。你无从理解他，

---

1. 哀的美敦书，音译于拉丁语"ultimatum"，意为"最后通牒"。——编注

因为他凭的是当时的心理状态。

原来罗素是凭恻隐之"心"、善恶之"心"、是非之"心"、羞恶之"心"等来作价值判断,这岂不很像中国的孟子?于是我们想起伏尔泰的雄辩滔滔又何尝不像孟子?当然孟子既不是韩非子,又不是老子,孟子如见到了韩非子、老子,也是会"吾不得已也"地辩起来的。所以伏尔泰与卢梭吵起来,又跟孟德斯鸠辩起来,我们可以假想成孟子遇到老子或韩非子的情况,辩起来乃是最自然不过的事了。至于伏尔泰所讲的中国文化,其实是《论语》《孟子》的文化,他如何会服膺中国的礼教,他连挖苦他自己国内的教会还来不及呢!

这两位相隔二百年的人文主义大师,现在全是古人了。伏尔泰反教会、反权威,争取自由,强调容忍,但仍然有上帝;罗素则是自十五岁起就没有上帝的观念。

在没有上帝观念的人文学者里,对于"生"的态度总是"发愤忘食,乐以忘忧,不知老之将至";更不知死之将至。在中国,孔孟是如此的。罗素呢,一生中写了七十本书,几万封信,活了快一个世纪,在一个阴暗的冬天逝世了。

罗素逝世后的翌日,我在三一学院的牛顿像前碰见一个学莎士比亚的剑桥女学生。我问她:你看罗素逝世时心理状态该是什么样?她说,莎士比亚有很多比喻在各剧中形容"死"。比如,莎士比亚说:死是

——枝头的霜,把花冻落

——树旁的斧,把根砍断

——突然熄灭了的火把

——竟日奔忙后的睡眠

但莎士比亚却从来没有说过,比如"死是一把钥匙,打开一扇门,那边是一新鲜的世界"。

她说罗素也许在临终时想起莎士比

亚任何一句诗。但,这又有什么分别,太阳系有一天停止回旋,人类的悲剧即不再上演。

  一九七〇年二月七日于剑桥

风雨中谈到深夜

世界上多数的大学总是这样的体制：大学分多少学院，然后每个学院又分多少学系。好像一个塔似的，可以把大学组织画成一张挂图，悬在会客室里。但在牛津或剑桥你绝找不出这样一张挂图来。学院与学系可以说全不相干，更谈不到隶属了。再深入一层看，学院有学院离奇的规定，学系有学系古怪的规定。比如说，一个学生要在学院住多少夜，晚归可以跳墙，但不归则是不能通融的。学生不许走草地，草地只能由院士走。这能说不离奇吗？学系呢，也有严格的规定，而这规定并非对学生而是对教授或讲师的。那即是学生可以不上课，而教师要尊重学生不上课的自由。这种规定能说不古怪吗？我也曾问过好些人,这究竟为什么?答复总是一致的:传统。在几百年的传统下,草长得特别细、特别绿,在几百年的传统下,人才出得这么好、这么多。这种答案与不答也差不太多。

所以大体说来,每个学院有各系来的学生,而每个系又是各学院而来的学生。如果把这种组织也画一张挂图,可能像个蜘蛛网,纵横交错,看不出脉络来。就每个学生而论,他白天接触的是一批人,同系的人;而晚间所接触的又是一批人,同院的人。教师也是如此,白天是一群学生,夜晚是另外一群学生。乍看起来,学系的情形我们似曾相识;但学院的情形我们却是完全陌生的。

很多有成就的剑桥人,对于在风雨中谈到深夜的学院生活,都有一种甜蜜的回忆。比如怀德海、罗素、吴尔夫[1]、莫尔、凯因斯[2]、富瑞[3],这些是在一室中聊过多少夜的一堆人。他们的行,全不相干,但

---

[1] 今日通常译作沃尔夫。
——编注

[2] 今日通常译作凯恩斯。
——编注

[3] 此处指英国艺术家弗莱。
——编注

他们却有一种相同的味道。甚至那种味道影响到他们的名著的书名。怀德海与罗素的书叫《数学原理》，莫尔的书叫《伦理原理》，吴尔夫的书叫《政治原理》[1]，凯因斯写《货币原理》，富瑞写的是《艺术原理》。不是一行，而味道如此相同，多半是因为晚上聊天彼此影响出来的。

我是属于艾德学院的。倒不是因为选为院士，吃饭喝酒不要钱，我因而去得特别勤，我实在喜欢大家团团坐，海阔天空地闲聊，是人生难得的一种享受。艾德学院是个具体而微的例子。我冷眼看这种聊天会如何开始，如何结束。已参与了快两年，味道觉得越来越浓郁。这种聊天，在艾德学院是每礼拜三举行一次。去年有个总题目，是"比喻"。今年也有个总题目，叫"进步"。先说去年的。比如这个星期由一哲学家讲比喻在哲学上的用法，下个星期由一诗人讲比喻在诗中的地位，第三个礼拜由生物学家讲模型，再次由物理学家讲模

---

[1] 中文简体版译作《政治哲学》。
——编注

型，接下去的也许是天文学家说天上的大熊，又接下去是艺术学家说画图中的苹果。各人在讲自己的术语，而由更多的外行七嘴八舌地提问题。自然是到深夜而仍舌敝唇焦地在辩论，烟碟中无数的烟蒂，地上成堆的啤酒筒，桌上狼藉的咖啡杯。你绝难听到什么结论，最后是把你心天上堆起疑云，脑海里卷来巨浪，进来时曾觉得清醒得不得了，出去时带走无数的问题。

今年的大题目是"进步"。进步两个字由这么多人讨论一年，宁非怪事？可是仔细一想，究竟什么叫进步，一旦问自己，你就会发现可惊的无知。马克思主义者最会答这个问题，一句话即可了之[1]，但稍具思想的人，略加思索即发现这个词的难懂。第一夜是生物学家谈演化；第二夜是社会学家谈落后地区；第三夜，物理学家说起科学观念上的递变；第四夜是神学家谈宗教的统一。每次都有杠抬，有嘴吵，而最使我感动的是一位文学批评家说欧威尔[2]。

---

1. 此处删去10字。
——编注

2. 今日通常译作奥威尔。
——编注

他说，对进步两个字最感困惑的恐怕是作《兽畜农庄》[1]与《一九八四》的那位小说家欧威尔了。最初欧威尔去参加西班牙内战，当然在那时他是以"左"倾为进步的。可是从他在西班牙的经验中，知道了所谓"左"倾的进步是怎么回事以后，他不能不修正自己了。后来，他的进步观好像与托尔斯泰的差不多，与道德、愁苦等连在一起。可是二次大战前后，他看到机械、水泥、药针、白痴的人类未来远景，他无可奈何地崇拜起唐吉诃德来。他觉得过去的文明，纵有百孔，但比起未来的千疮文明仍强得多。我们大家像被这位文学批评家催眠了似的，进入了一种无可奈何的梦境。屋子里更静时，窗外的风雨听来更真。他说，他去年在伦敦看了一台演唐吉诃德的戏，吉诃德自封骑士时那段唱词是很感人的。翻译出来有几句是这样：

忍受那不能忍受的苦痛，

---

[1] 中文简体版通常译作《动物庄园》。
——编注

跋涉那不堪跋涉的泥泞,

负担那负担不了的风雨,

探索那探索不及的晨星。

然而,什么是进步?我很想下礼拜三快快到来,好听听一位画家的看法。

一九七〇年十二月六日于剑桥

喷烟制度考

林语堂先生引证说：牛津剑桥的学生所以好，是导师坐在那里喷烟，喷得你天才冒火。在剑桥，我认识好多做导师的，但不吸烟的比吸烟的多。林先生所引证的话，显然不是字面的意义。

喷烟制度失去了字面的意义以后，所剩下的唯一推论只能这样说：牛津剑桥学生之所以好，是得益于导师制度。

那么，什么是导师制度呢？就是再没有考据癖的人，也想翻一翻书，打听打听人家，究竟什么是牛津剑桥的导师制度？

我去年一到剑桥，就打听这件事。所得的答案多是似是而非之谈。比如说，有一个很老的剑桥人对我说：因伦敦闹瘟疫，剑桥关门一年。牛顿回家，无事可做，一年之内做了历史上鲜有其比的数学创作。回到剑桥来,牛顿的老师教不了他,所以尧舜揖让,就此拜杆,把教授位子给了牛顿。我查了查《牛顿传》,他所说的确实有其事。但这却不能说明导师制度。正如尧舜让国,不能代表中国政治制度一样。即使实有其事,也是稀有特例。数百年来,牛顿之后,尚无马顿;六亿神州,尧舜而后,不见舜尧。

又有人曾向我说:导师吸烟的并不多,与导师一块喝酒却不是少见的事。喷烟也者,应作喝酒解。依照考据《红楼梦》的精神,蔡元培先生也许可能同意这种见解,但我无法信服。理由很简单:师生对饮,畅叙胸怀,醉醺醺后,可以作诗如陶潜,可以高歌如李白,可以赏菊花饮竹叶如杜甫。在剑桥呢,酒气也是如春风,酒浆也是如时雨,不期然而然地造就出密尔顿[1]、华兹华斯、拜伦、丁尼生、柯勒律治来。这当然不是没有理由的,可是,因为喝了

[1] 今日通常译作弥尔顿。——编注

酒作诗还说得过去；喝了酒却不好演逻辑，裂原子，制双铰链模型，窥波霎现象。

还有好多奇奇怪怪的说法，但听后笑笑而已。

如果把剑桥这个小城当成一个太极图来看，剑河好像太极图上那双卧鱼之间的曲线。河这边可以视之为老区，王家学院、三一学院等，聚在这边；河那边呢？是新区。比如经济系啦，远东系啦等，都聚在那边。从老区一过河，走到新区时，有一个街叫赛维德路。这是个人名，我觉得此人一定是剑桥的名人，不然何以会变作街名？我一打听这个人，竟然考据出导师制度的线索来。

话说剑桥创校几百年，一直是一群教士维持的。学院的院务由院士主持，而这些院士又多是导师。所以导师都是独身的。我记得《胡适文存》中统计多少名人都抱独身主义。胡先生还列了一个表，里面剑桥的人不少，如牛顿等。岂知这些名人多系院士，而院士却非独身不可。

如此几百年来，在这个小城里一群独身的教士院士领着一群学生在那里传道也，授业也，解惑也，一直到十九世纪中叶，毛病来了。有些独身的院士，在剑桥外围立起外家来。所谓外家，当然是秘密的。但虽属秘密，总有公开的可能。一旦秘密被学院发现，就失掉院士资格。换句话说，饭碗就砸了。正此时也，学校早已不止于读经传道，科学进来了，数学也进来了。科学与数学是要用心学习才能学会，用力演算才能考过，而又是非有人从旁指导不为功。于是在剑桥极端严格的考试制度下，有些学生势必额外补习。学生的额外补习，就是教授的额外工作，谁愿做额外工作呢！于是补习的学生就将补习束脩在补习下课后，常常放在椅子缝里、花瓶旁边等，让老师视若无睹；学生走后，再无意发现出来。两方皆无明白的交代，有时学生藏钱藏得不是地方，有时教师未能找到学生所藏,遂常起误会。院士们呢,常常因为有了外家负担很重,又怕学校发现时逼得走投无路,所以为退身计,也不敢得罪学生,因为即使外家被学校发现,院士饭碗被砸,仍可专业做起补习老师。

这种不见天日的情况一长,病菌自然滋生。于是好多教师,在剑桥正式的课不好好教了,而补习的课却非常认真。其中线索,自不难寻。我国朝野教育人士,更不会不懂。

于是,当时的剑桥成了大观园的末期,贾母堂上是一台戏;而凤姐房中是另外一台戏。这样情形,只有两种可能:一种是变成《红楼梦》下半本;而剑桥却出现了转机。

在一八八二年,勇敢之士登高一呼,把这个相因成习,越盖越臭的摊子揭开来。这些勇士中最有名的是赛维德。他们改革剑桥的办法很简单:第一,院士可以结婚,第二,补习正式收费。在一八八二年一年之中，即有几十个导师把外家变成内人，结婚了；而学生的补习束脩，由学生交给学院，再由学院转给院士导师们。所以一直到现在，剑桥做教师兼做导师的人，都有两种月薪，一笔是学院或大学发的月薪，另一笔是由学生交给学院，学院不折不扣转给导师的补习费。

当然，怀德海收过罗素的补习费，罗素收过维根斯坦的补习费，马绍尔[1]收过凯因斯的补习费，汤姆荪收过卢森弗德的补习费……原是臭可冲天的粪土，竟因为冷静的分析，细心的利导，化成了万紫千红的春天。导师制度给剑桥带来了另一个黄金时代。

导师、教师，在牛津剑桥统称之为"Don"。与"Don"们在一起，有一种与朋友，或与家人在一起的味道。在牛津，我有一次问一位"Don"朋友这样一个问题：人在危难时，才能见出一个人的个性来，我说这个论点成不成立？这本是个很

---

[1] 今日通常译作马歇尔。——编注

平常的话题,也竟然给我说了一天。他把莎士比亚戏中各种角色在危难来临时的反应台词一一背出来,比如在病榻上临终,在战场上失败,在伦敦塔里等死,在不眠的夜里痛恨儿子的不成材,朝朝代代的帝帝王王,在莎氏戏中的台词,他连背带表演,整整闹了一天。

导师也者,岂止喷烟而已哉。是为考。

一九七〇年十二月七日于剑桥

不铸大错

早晨看报时，并未注意到；喝上午茶时，再翻翻《泰晤士报》的里页，才知道布瑞格[1]昨天逝世了。

我望一望窗外，平静得像戏台前的布景，柔和得像戏台上的灯光。蓝天上有云朵点染着悠闲；绿丛中有玫瑰陪伴着寂寞。剑河里的澄明的水，由不可知的过去流向不可期的未来。在这布景前面，好像有许多剑桥人物的影子在晃动；这刚在幕旁消失的是布瑞格？

"布瑞格是谁呢？"好像有人在问。

"曾做过开温第士教授。"我好像自言自语地答。

"开温第士是什么呢？"

"是剑桥大学的一个实验室。"

1.今日通常译作布拉格。
——编注

"这个实验室做了些什么呢?"

"如果说我们这个时代是通信时代,电波方程是从开温第士开始的;如果说我们这个时代是电子时代,电子学说是从开温第士开始的;如果说我们这个时代是核子时代,核子分裂是从开温第士开始的;大到天上的波霎现象,小到 X 射线下的结晶分析,细到细胞里的遗传号码,都是从开温第士开始的。世界上再找不出一个类似的实验室在一百年间有如此的成绩,是的,从成立到现在不过整整一百年。"

一八七一年,开温第士实验室成立。成立的原因是鉴于当时工业革命之后,社会发展的需要,需要新的观念去处理问题,需要新的技术去解决问题。正如航海时代的英国需要天文研究,需要航海仪器一样。一百年前呢,蒸汽、机械,以及电工,在在需要深入的探讨与研究。当时的剑桥知道需要实验室的设备,知道动手的重要,更知道实验方法值得深入,有待摸索。

可是，有些教授却是持反对论调的。有一位数学权威说："先生如何教，学生就如何学，用实验做什么？"而这些阻挠，尚属次要；重要的难关是没有钱开办！

当时的剑桥大学校长是开温第士，他的办法最直截了当。从自己荷包中拿出六千三百镑来作为开办费；而房子建起后，钱又花过了预算，校长又从自己荷包中补出二千镑来。这是开温第士的起源。

第一任教授是马克士威尔——电磁波方程是每个学电学的人不能不会的；第二任教授是芮黎[1]——芮黎函数是每个学力学的人不会不知道的；第三任教授是发明电子的汤姆荪；第四任教授是分裂核子的卢森弗德；第五任教授是把开温第士带上生命科学的新领域的布瑞格了。从芮黎起始，这个实验室中诺贝尔奖得主之多，是很难令人想象的。布瑞格是廿五岁得奖的，就以现在常常碰面，一同喝茶的得主就有四个或五个之多。

---

1. 今日通常译作瑞利，原名约翰·威廉·斯特拉特，尊称瑞利男爵三世。——编注

我常常问起一个问题：开温第士实验室为什么会如是成功？有一次一位教授给我解释得最妙。他说："一个研究组织，也像一个人一样，成功的关键有二：第一是防止错误；第二是改正错误。"

我听后一惊。当然细问他原委。他不慌不忙地微笑着说："马克士威尔是因身体不好而退休，退休之后又来剑桥的。所以马克士威尔做了没有几年，就过世了。

"当时的剑桥当局想，马克士威尔的逝世，当然是实验室无可弥补的损失，但选他做教授也不能不说是一次错误。一个研究组织是不能让一个身体不强的人做领导的。因此，第二任教授选芮黎，芮黎的精力充沛过人。

"芮黎对开温第士的功绩很大，可是又出了毛病。他总不能忘情于他自己所开的农场与农场上的乳牛，他更不能断绝伦敦社交的应酬，所以他给实验室的时间相对地减少了。学校觉得选芮黎好像也是一种错误。

"第三任教授是选的既不会动手,也不懂实验,年仅廿八岁的汤姆荪。选他的原因与其说是借重长才,不如说是避免错误。汤姆荪年轻,康健,没有外骛,有一清晰的数学头脑,与蔼然的敦厚性情。所以汤姆荪这一任教授做下来即是将近四十年的时间,奠定了开温第士的根深柢固的基础,带来花繁叶满的春天。

"你看是不是开温第士改正了好多次错误,才上轨道!所以我说开温第士的成功是由于勇于改正错误而来。"

"那么,防止错误是指什么呢?"我自然再追问。

"防止错误是把实验室弄成为实验室,防止它变成别的性质。

"在开温第士早期,有过很多次的成功,但每个成功都可以导上歧途,一旦走上歧途,也就不会有以后的成功了。

"比如说罢,作放射研究的威尔逊所

发明的云室,是世界驰名的。云室的盛名,很可能使开温第士走上歧途,做更精细的,做更大型的,做更标准的。因全世界的需要,很可能把开温第士变成批发云室的工场,或者成了品评可否的标准局,那也就不是开温第士了。

"在开温第士中期,最成功的是原子研究。一九三二年的一天,卢森弗德走出开温第士实验室说了几个字:'原子已分裂了。'那声音比新墨西哥沙漠上空的原子(弹)爆炸还要洪亮。世界各个角落均为之震撼,剑桥的人觉得尤其光荣。从此而后,原子堆要弄得大,加速器要弄得多,可能走上迷恋过去光荣的歧途。开温第士向坏处说可能变成了原子博物馆;往好处想,可能变成非二万万美金莫办的伊利诺州[1]的贝他万。那也就不是开温第士了。

"卢森弗德逝世后,布瑞格几乎把卢的一切光荣视如敝屣,不搞原子了,也不搞放射了,而走上看来最不纯净,

---

[1] 今日通常译作伊利诺伊州。——编注

想来最不学术化，既不是物理，又不是化学，更不是生物，而是混混杂杂的三者之间三不管地带，分子物理及遗传号码来。还有就是搞起既非天文，也非电学的无线电天文来。

"布瑞格这个决策防止开温第士走上歧途。他所不能忍受的是学术之所谓纯净：纯物理啦，净化学啦，纯数学啦，净生物啦等等。这些纯净的追求，将会变成寺院的读经或清水中养鱼，是不容易有结果的。布瑞格之功是使开温第士在最易走上而终未走上的那个虚荣的歧途。

"一个从事研究工作的实验室，可能走上国家标准局的路，以制定仪器为业；可能走上博物馆的路，以炫耀成就为荣；可能走上书院的路，以亦步亦趋为高；可能走上士大夫的路，以号召纯净为务。这些歧途，全没有走入，你自然会看到一批一批的年轻孩子，在那里捆线绳，封蜡管，吹玻璃，打铆钉，在盘根错节的模型前沉思,在困心积虑的阴云中忽然迸出智慧的火花来。

"然而,防止错误,需要远见;改正错误,需要勇气。一个人有远见又有勇气,自然容易成功;一个组织,有远见而又有勇气,自然容易成长;开温第士不过是引人深思的一个例子而已。"

我于是想给开温第士另一个名字:"难道这个实验室是一不铸大错的小熔炉?"

一九七一年七月二日于剑桥

附录

数学与电子

爱因斯坦有一天接到一个学生的来信，学生说："我对于数学总觉得有极大困难，不知该怎么办，可否有以教我？"爱因斯坦立时作答说："我在数学上所面临的困难，更多！"

爱因斯坦所说的数学，大概并不是那个学生所说的数学。可是我们读起这则趣闻来总是觉得爱因斯坦如不是以谦虚为怀，就是在开自己的玩笑。其实，他说的是百分之百的实话！

我还记得看过他一篇论文，结尾结得甚妙，他说："这是非线型方程，只好止于此了。"想一想他写那篇论文的时候，尚无计算机，连个数值解也无从谈起，如遇到非线型方程，也只有不了了之了。

根本没有高深数学训练的物理学家，像法拉第，像海威赛德[1]，按照他们自己的思想模式，并不借助于高深的数学，也可以产生出好多新颖的观念来。

有精湛数学训练的物理学家，像马克士威尔，像爱因斯坦，以数学作工具，来做物理的问题，也产生出伟大的、新鲜的观念来。

但还有些物理学家，工具不够用了，就自己发明起数学来。比如牛顿之于微积分，杨振宁之于规范场。牛顿是一边发明微积分，一边应用在物理上；杨振宁却是扩建规范场，而规范场就是数学里的纤维丛。这固然是他们自己始料所不及，也常常为数学家们所惊讶不止的。

牛顿并不知莱布尼兹同时在那里发明微积分，杨振宁也不知陈省身同时在那里发明纤维丛；但，就是如此，研究某种物理现象的某种数学出现了。

有位同学问我，既然研究电子这一行

---

1. 今日通常译作海维赛德。
——编注

需用这么多数学,是否应该先学数学,再研究电子?答案恐怕是否定的。因为一上了数学的路,就直奔数学的目标去了,很难再回到电子。我看,恐怕只有且战且走的办法来对付:就是一边学数学,一边想物理。数学不够用,不是太坏的事,你因为尽力想办法解决你面对的问题,有时竟会挤出更好的办法,有时就是新的数学也未可知。

希腊有一神话,我记得是在读罗素的著作时看到的:说有一天神,力大无比,在空中打斗,如入无人之境;可是却不能持久,他必得有一段时间落到地面,与地面接触片刻,才能再生气力,重新跳入空中。这位大力士好像今日之飞机,总得时时落地加油才可以。数学本身就是这种大力士,物理的大地是它加油的地方。

欧几里德[1]可以说是空中大力士,但因为没有物理作基础,希腊科学竟发展不起来;而这种发展不起来的局面竟达两千

---

1. 今日通常译作欧几里得。
——编注

年之久。

我们电子这一行，没有数学简直就走不动；但有了数学，却并不等于电子。有了电子计算机的模拟，更不等于电子实验。数学训练也许是学电子的必要条件，但不是充足条件；何况，有时连必要条件也不是。

一九八三年十一月

三部自传：哈代、温纳与戴森

几乎是三十年前的事了,有一天我翻阅《现代物理学报》。那一期好像是专为欧本海默[1]过生日,贺他六十整寿。贺词是由四个人签名。最后一名是杨振宁,而领衔的则是戴森。

这一年是一九六四,距离李杨领奖的一九五七虽已过了七年,但杨振宁的杨-密尔斯方程[2]盛名正如日中天;距离一九五六年虽也过了八年,戴森的大作《自旋波》仍是山鸣谷应的时候。我看了他们贺欧本海默的祝寿词后向一位朋友开玩笑地说:世界上最没有道理的事,就是按照姓氏头一个字母的次序来排名。杨振宁的"Y"铁定是排在最后一个了。好在是贺词,名次前后无关宏旨;但那是我第一次注意

---

1. 今日通常译作奥本海默。
———编注

2. 即杨-米尔斯方程。
———编注

到戴森这个名字。他之领衔，是因为姓氏的"D"呢？还是他发起的？或他起草的？

韶光容易把人抛，红了樱桃，绿了芭蕉。转眼间，欧本海默早就死了。去年杨振宁也七十岁了，在台湾的好多人为杨过生日。在新竹，当我听了杨的"饭后自传漫谈"后，忽然想起他与戴森所写的贺欧本海默的祝寿词来。他与戴森在普林斯顿高等研究院同事，算来有十几年罢。我想在饭后问一问杨振宁对戴森的看法。

不巧得很，杨的小时朋友雕刻家熊秉明写给杨的一幅寿联成了热门话题：那十四个字写得如古人的挥洒，元气淋漓。词更好，是陆放翁的两句诗，念来动人心魄，过目后即不可能忘。

形骸已入流年老

诗句犹争造化工

于是谈话又转到这位艺术家的字，以

及他要为杨雕像,要雕进几十年的友情,还有雕像为什么比原来的人之尺寸要大很多才显得生动等。话题岔出去了,就来不及问有关戴森这个人与有关戴森的一些事了。

我为什么对戴森这么有兴趣呢?大概是十年前罢,读过他的自传,叫作:《搅扰宇宙》(*Disturbing the Universe*)。

诗人艾略特的名句,自然难免夸大;用为书名也并不见得是断章中所取之义。科学家戴森拿来作为自传之书名,乍看时,令人不无惊疑,甚至有荒唐的感觉。

宇宙是否被戴森给搅乱了,姑置之不论;可是,他这本前半生的自传,确实搅乱了我。那是一九八○年左右,我在香港中文大学教书,暑假到波士顿看闲书看到的。那个暑假中好多天,以及自兹以后的好多月、好多年,不时地想起戴森所投于沧海中的石子与石子落水后所引起的波澜。

今天看到中文的译本,居然把 *Disturbing the Universe* 译成了《宇宙波澜》,

也倒是别具一格的译法。在我翻阅这本中文译本时,自然是似曾相识;却又像旧友重逢,为这本别开生面的自传而手舞足蹈了一阵。当然在兴奋过后,有如沦入黑洞,逐渐地恐怖起来,颇有粉身碎骨,无从自拔之感。

我看过不少科学家所写的自传,回溯起来,有三本使我有类似的震撼。第一是哈代的《一个数学家的辩白》;第二是温纳[1]的《我是一个数学家》;第三就是戴森这本《搅扰宇宙》了。

也巧,这三本自传,其实可以说,分别代表了二十世纪前叶、中叶与末叶。都可以说是划时代之作,凸显出三个不同时代的精神。

哈代是为数学而数学,为艺术而艺术。为保持数学的纯净,是绝对地拒绝数学的应用的。原因是:他认为只有纯净的数学可以自由地发展;一旦受尘间事实的牵扯,数学必然遭受磨损,甚至为之牺牲。他的

---

1. 今日通常译作维纳。
——编注

名言是：幻想的世界远比事实的世界美丽得多。

哈代是以幻想的花朵点缀人生的闲暇。这也是就二十世纪前叶在世人对科学艳羡的目光中，纯净的数学家对数学所作的骄傲的自白。

温纳是二十世纪中叶的数学家。他以《我是一个数学家》作为自传的书名，解释成为谦逊或傲岸均无不可；也许还有哈代派的数学家不承认他是数学家吧！

温纳坐在麻省理工学院的十号楼上，凝视着查理斯河的涟漪，忽发奇想：这查理斯河的水位究竟有多高呢？水波不停地起起伏伏啊！温纳的大贡献就是由这么一个极平常，却又很奇怪，在别人看来，不成其为问题的问题开始的。

我们知道，今日太空摄回来的照片，清晰到令人不相信的程度，太空梭着陆的地方，准确到令人惊叹的程度；这多归功于卡尔曼滤波，其实原创的思想来自温纳。

你如果不能因为孟子的雄辩滔滔而言不及孔，你就无法在提及卡尔曼滤波时，言不及温纳。

温纳的黄皮书是五十年代，人人头大，而又人人必读的书。可是看温纳的自传却感觉轻松、愉快，又乐观。正如二十世纪中叶人士，对科学普遍乐观一样，温纳的数学，起于应用，终于应用。数学利用到如此规模，可以说叹为观止了。

第三本代表二十世纪末叶的自传，就是戴森的《搅扰宇宙》了。

有纽泽西[1]一位大学教授写了一本《爱因斯坦的办公室现在归谁用？》介绍普林斯顿高等研究院各式各样的人物，甚至那些早已离开了普林斯顿，去了加州、伊州、麻州、纽约等依然追踪介绍。这位作者更不能不介绍仍在普林斯顿的戴森，却又把戴森归不了类。他既不是向东，也不是向西，又不是向南，也不是向北，而是向上。换句话说，与大家都垂直。这位数理学家

---

1. 今日通常译作新泽西。
——编注

的特色是什么呢？就是科学要与价值挂钩。他主要的见解是不论科学家愿意或不愿意，你都不能不顾到你所研究的东西对社会所带来的冲击与对人类所产生的后果。

戴森这种与各种主流成垂直方向的大展宏图，科学研究已不是一维的直线发展，也不只是二维的平面铺开，成了多维的流形了。

他的自传中，忽然怜悯欧本海默，又忽而同情泰勒。但这两位，一个负责原子弹，一个负责氢弹的，他们的政治哲学却是方向相反。戴森不正是与他们二人同时垂直了吗？

这种把科学与价值，或伦理，或人世一旦挂钩，这个问题涉及的就太大了。科学家自然可以有自己的想法与看法，对任何事也有发言的责任与权利，可是他也与任何其他人一样，只应有一票的权利，所占分量固不能少，但也不宜多罢？

我们合上这本戴森自传时，不能不替

他担心；范围太大，雄心过高，自然不易成功。成不成功，固非戴森所计，而他这堆无从证明，也无法反证的意见，我们实在是无由确认，遑论信服。

同时，却使我们忽然悟到：在人生的大戏中，所有的人不仅是观众，也均是演员。不只是"你拆烂污，就有人遭瘟；你放野火，就有人烧死"，而也是："他人拆烂污，你也会遭瘟；他人放野火，你也会烧死。"这个世界已没有局外人，也没有旁观者了。

那么，我们的一举手按电键，一投足踏油门；一执笔列方程，一操刀做实验……都关系到这个世界——包括自己——的生与死；这个宇宙——包括自己——的存与亡。

这些领悟是看了戴森的书以后瞬时即过的阴影呢，还是永远存在的烙印？我辨不太清，只是希望是前者。

约在一九九四年于台南

现代的司马迁
——谈今日的资料压缩

大致说来，人类社会赖以生存的三大基本要素是物质、能量与信息。从最原始的到最近的社会一直是如此。不过在上古的人没有意识到信息的重要，虽然语言、符号、图像、文字与人类的历史几乎可以说是同时演进而来。

我们意识到信息的极端重要与信息的定量估测却是始于二十世纪中叶。大致是由控制理论的创立者温纳及信息理论的定义者山农[1]所启迪的。

温纳说："信息就是信息，不是物质，也不是能量。如不承认这一点，我们就不易存在下去。"

山农则是把玻耳兹曼[2]墓志铭上那个熵的公式[3]借来，为信息做了定量工作与

---

1. 今日通常译作香农。——编注

2. 今日通常译作玻尔兹曼。——编注

3. 又称玻尔兹曼公式。——编注

分析理论。

信息不仅是包括我们所有的知识,还包括感官所触到的一切。报纸上的新闻,书本上的报告,市场上的行情起伏,电视上的天气预报;简单到一张照片或一幅图画,复杂到终端机上的种种显示,印表机上的列列标记都是信息。我们固然一直是生活在物质,如空气或水的海洋中,也是生活在能量,如光或热的海洋中;而今,我们忽然悟出更是生活在信息的海洋中。从古以来就是如此,二十世纪下半叶情况犹然。

但信息与物质或能量有所不同。信息的最大特征是:它并非单独存在的东西,而是以互相联系为前提。没有联系,就没有信息。于是信息必依附于一定载体。通过载体这信息我们才能处理、传输、操作。而今,呈现在我们面前的信息多是经电子为载体、用数字作处理而表现出来的资料。

信息资料不能单独存在,是由互相联

系而来。所谓互相联系,主要是传递与储存;而储存可以视为延迟了的传递。于是信息与传递,或者信息与储存的关系也就特别密切了。

经由数字处理而得出的信息资料,自然因频繁的传递与大量的堆存而逐渐成了问题;并且这个问题随着时间的推移,而日形严重。人们遂发展出特别的储存与传递的方法,称之为资料压缩。

我们现在以电脑问世以后的眼光,回顾一下历史,也许对于人类目前对付资料压缩的问题有所理解。

我们先举上古的写史书的故事,而以司马迁的《史记》作为例子。

司马迁是把从轩辕到汉武帝时代汗牛充栋的史实,用一片片竹简写出五十二万字的《史记》。他的志趣所在,是把这一大堆竹简写成的《史记》"藏之名山,传之其人"的。这整个的过程与目的可以说是信息的传递,也就是他所谓的"传之其人"。而储存的方法则是写在竹简上，而把竹简"藏之名山"。当然如果能省掉一个字，就可以少写一个字。竹简上少写一个字，就可以少用些竹简，而藏之名山时就可节省些空间。于是，司马迁就需要把资料大量地压缩，把自己的写作技术练入化境，使所写文言文字达于精纯，然后才写到竹简上去。这可以说是编码程序，以不致使人误解原意为最低诉求；而后人在名山内拿到竹简时，就得到竹简上所示的信息。那就需要一些念懂古文的工夫，也就是后世的人要有解码的训练。自然，竹简像晶片一样，是载体，而所写的字可以比为位元了。这正说明了上古所用的信息系统，已经是在作资料压缩了。

第二个例子，可以举莫尔斯所发明，由中国改造成功的汉字电报系统。这是把汉字的每一个字均编成一个数字码，也就是有一电码本在拍发端，而有另一同样的电码本在接收端，载体把点与划的莫尔斯符号一个一个地传过去。这种编码与解码的思想方式与目前正在用的 LZ（Lempel Ziv）的思想并无原则上的不同，只是简单与复杂的区别罢了。

第三个例子，可以举我们平日所看的电影。我们知道那是些不连续的图片，一片一片地接续下去，把影片上连续的动作照成间断的动作，但放映时，人眼却看不出间断的情况，而误以为连续的动作。其实这是最早发展出的失真压缩。该技术主要在利用眼睛不辨间断情况的弱点，也可以说是特点。我们现在所用的失真资料压缩则是利用人眼的另一弱点：把一张大的图像用分频编码分成数张子图，利用量化技术同时丢掉人眼并不反应的高频子图，然后以向量表及目录表的方式传递；而以逆程序作解压缩，即成失真图像资料压缩。现今盛行之 Linde 等发展出之演算法所作资料压缩技术，即可解释成属于此类。

我们细览这些人类所发展出的几千年

的文字资料压缩技术,近百年的电影资料压缩技术,电报资料压缩技术,近五十年来的信息理论,近三十年的无失真压缩技术,二十年来的失真压缩技术,一直到过去两三年的突飞猛进的资料压缩技术;我们恍然悟到由竹简到晶片是工具在变,而储存与传递的思想并没有改变很多。

资料压缩的思想与技术,如同计算机科学中其他方面的发展一样,有些是意想不到的闯进来的外来影响,有些是突如其来的自我生发。截至目前,在我看来,转换编码颇有发展余地:由傅立叶转换,而余弦转换,而渥什[1]转换,而小波转换……。转换编码之制作,势成万弩在握,齐发可期。

另一方面,利用"训练"制作的大的编码,正是表示人工智能与神经网络的思想之影响涌至而展开了前途。我们如用司马迁的例子做比喻,这种研究可以说训练一些字练句遒的司马迁机器来作彻底的大

1. 今日通常译作沃尔什。
——编注

编码工作。

可是，以上所述总是载体系统的手段问题，而从未涉及信息本身的内容问题。古时的司马迁所说的"究天人之际，通古今之变，成一家之言"的大目标及"叙游侠，述货殖"等的各重点，在现代司马迁的作风上是绝对不见踪影，绝对不予置问的。

然而，毕竟传信是为了信的内容，至于信以何种方法而传，究属次要。请看今日域中：发信者不知所云，收信者不知所措，唯有络绎于途的传信者，在急促慌忙地奔走与煞有介事地呼号。这是我们这个信息时代的象征缩图，不也正是我们这个信息时代的问题所在吗？

一九九八年于台南

序戴显权的书《资料压缩》

约瑟夫的诗
——统一场论

杨振宁教授在他的文章《美与物理学》中曾经引用我译的布莱克的四句诗。一九九七年，他由香港寄给我他这篇《美与物理学》发表前之底稿。我看后，有不少感想，于是在那年的二月十六日写了一信给他。

在给杨的复信里，我提到约瑟夫所写的一首《统一场论》（*Unified Field Theory*）诗。后来过了些日子，我就把约瑟夫这首诗译成中文，却未发表。现在我把四年前给杨教授的信也找了出来，与约瑟夫诗之中译一同登出来。

振宁教授吾兄：

我昨天，二月十五日，才回

到台南,才看到您由港寄来的大作《美与物理学》。笔法道练而明净,非常好看。恭喜您。现在您不独是为"小"众,而是也为"大"众写了。

您译得也好。"上帝说,让牛顿来。"真是神来之笔;不可能再自然,再美好了。我反复玩索了半天,也许两行改成四行,更容易看些。即:

自然,与自然定律,

在黑夜里隐藏,

上帝说,让牛顿来,

于是,一切化为光。

看到您引的蒲柏这两句,我想起凯瑟(Gerald Kaiser)在他的书 *Quantum Physics, Relativity and Complex Spacetime — Towards a New Synthesis* 中所引约瑟夫的诗。那本书用很多小波(wavelets)的语言来讲量

子物理（Quantum Physics）。

我是先看到约瑟夫的诗，然后才看到您引蒲柏的诗。原先觉得约瑟夫那首诗也很俏皮的；而今看来，很可能是约瑟夫看到蒲柏的诗后才引出来的作品罢；那就与诗不太相干了。诗这东西真奇怪，也像科学，第一个"唱"出来的就是杰作，第二个"学"出来的就成练习题了。

您提到：海森伯[1]的作品，您想不出有什么诗句或成语可以形容。我想了一下，有两句带有"尘"字的诗：

才见岭头云似盖，

已惊岩下雪如尘。

这是元微之的诗，您说的庄严、神圣以及畏惧等感觉在中国诗里不大可能找到，因为中国宗教太淡、太浅，于是与宗教相联的诗，都变成"禅"

---

1. 今日通常译作海森堡。
——编注

了。参禅的人不见得会作诗,也许苏东坡是例外;所以写出来的诗都不够重,也就发展不出庄严与畏惧来。有人说苏东坡的文章是"如长江大河一泻千里,挟泥沙以俱下",不知可否用来形容海森伯?

可是,布莱克则不然,他有令人畏惧到恐怖的诗篇。哈佛大学有个小图书馆专藏布莱克的作品,看他的画就有时令人恐惧到恐怖。去年有本专书只讲布莱克的一幅画《时空之海》,讲了好几百页。我把书买来了;刚才找了一下却未找到。

匆此 敬请

近安

之藩

一九九七年二月十六日

下面是约瑟夫所作《统一场论》的中译,原文载于一九八七年的《纽约时报》:

当其始也,亚里斯多德[1]出来,

静者恒静,

动者终归于静,

不久,万物俱静,

上帝看了一下:这多无聊。

于是上帝创造了牛顿,

静者恒静,

而动者恒动,

能量不灭 动量不灭 物质不灭

上帝看了一下:这多保守。

于是上帝创造了爱因斯坦,

一切都是相对,

快者变短,

直者变弯,

宇宙中充满了种种惰性架位,

上帝看了一下:这是普遍的相对,

可是其中有些特别的相对。

---

[1] 今日通常译作亚里士多德。——编注

于是上帝创造了玻尔,

原理在此,

原理就是量子,

一切化为量子,

可是有些东西仍是相对,

上帝看了一下:这太乱了。

于是上帝要创造一弗之荪[1],

弗之荪就要统一起来:

他会培出一种理论,

把所有一切归于统一。

但已是第七天了,

上帝休息了,

静者恒静。

二〇〇一年九月十日于台南

---

1. Fergeson,今日通常译作弗格森。
　　——编注

桂冠诗人与桂冠学人

二千年十月到香港去开会,是庆祝中大电子系成立三十周年。如果把这三十年平分为四个时期,我是在第二个七年半在中大发展电子系。那时的学生,而今多是电子、电脑、电讯业的大亨,见了面他们仍是一团孩子气。十天在港时期,好几次觉得一别十五年真就如一日吗?想去拜访一下老朋友,竟有意无意地找不到时间。这十天中,倒是去访问了牛津大学出版社,因为他们的中文教科书中曾选过我的一篇散文《钓胜于鱼》,这也是多年前的事了。

前两天,忽然接到牛津大学出版社给我寄来他们新出的书:一本是《中国语文》第六册,两本是老朋友董桥的散文集。翻阅之下,在《没有童谣的年代》里,第二百三十一页上忽然看到我的名字。由董桥引用诗人弗洛斯特[1]的话而使我想起一串有关诗人、桂冠诗人以及桂冠学人等的不少故事来。

董桥所引甘乃迪[2]总统赞扬弗洛斯特的话是:"权力导人自大,诗歌则教人想到人性的弱点;权力削弱关爱之心,诗歌则教人想到人生之丰盈;权力腐蚀人生,诗歌则净化人生。"斯诺所写的《各式各样的人》(Variety of Men)[3]一书里,有关弗洛斯特有一专章,叙及每到诺贝尔奖快开奖时,弗洛斯特总坐在收音机旁苦候消息。而年年在听,年年失望,一直到他一九六三年逝世。我至今仍想不通,斯诺何以知道弗洛斯特在他自己家中的行止,竟绘声绘影地说得如此详细?

弗洛斯特是美国的大诗人,等了多少年的诺贝尔奖,也没有得到。因诗而得诺贝尔奖的开先例者是艾略特。诺贝尔奖的得主称之为桂冠(Laureate),这自然是

1. 今日通常译作弗罗斯特。
——编注

2. 今日通常译作肯尼迪。
——编注

3. 英国小说家查尔斯·珀西·斯诺,中文简体版译作《形形色色的人》。
——编注

因袭英国的桂冠诗人制度而来。但诺贝尔奖的得主,文学而外还有物理学家、化学家、医学家、社会活动家,以及后来加入的经济学家。总之,这些诺奖得主应译为桂冠学人罢;可以说是广义的桂冠诗人了。

桂冠学人杨振宁在他一九六四年一篇论文的后记中说:"(杨的父亲)直到临终前,对于我的放弃故国(入籍美国),他在心底里的一角始终没有宽恕过我。"而杨振宁的入籍美国,据他自己的心理分析,有一部分理由是在一九六一年,"我在电视里观看甘乃迪就职典礼,弗洛斯特应甘乃迪的邀请上台朗诵他的一首诗。弗洛斯特选了 *The Gift Outright*。当我读完他的诗句似乎什么东西一直触动了我的心灵。后来在一本集子里找到了那首诗,的确美而有力,它在我申请入美籍的决心里起了一定的作用。"

叶公超写一手很好的英文诗。据云是得自老师弗洛斯特及朋友艾略特的传授。

而杨振宁在摘下桂冠后,回忆他在西南联大的老师时,感谢了吴大猷与王竹溪,也感谢国文老师朱自清与闻一多等;独对联大的英文老师之一的叶公超不假颜色:杨对叶之不认真教导,不爱答学生问题,深以为憾。

中国没有桂冠诗人的传统。可是代代相传,对诗人都是绝对尊重。每隔几十年或几百年总出一诗人独领风骚。说实在的,我们回顾历史时,对秦皇、汉武、唐宗、宋祖,以及成吉思汗很少想及;却对屈原、陶潜、庾信、李白、杜甫、苏轼、李清照,以至纳兰容若、王国维等的诗句说来道去。我们几千年来,多少亿人给这些诗人戴上无形的桂冠。

董桥重述我抄给他的易实甫的名句后,并再引我的主张:如让律诗自然发展,而不是半路途中杀出一个程咬金的"五四"新诗来,到现在,也许不至于中国之大竟无一句可诵之诗了。我曾引易实甫在过渡时代的诗句为证：

青天无一云

青山无一尘

天上惟一月

山中惟一人

……

像这类诗句，若无强推的白话诗出现，而能由传统自然发展开来，正是未可限量。

翻开牛津大学出版社给我寄来的这本《中国语文》第六册，选有一篇易君左的白话文《可爱的诗境》。真是巧，这位易君左是易实甫的公子，他的旧诗也是写得很好的。令人又惊奇，却又不惊奇的是：他的白话文也写得这么漂亮而干净。那么，在我看来，庾信之外还有鲍照；杜甫之外还有王维；易实甫之外还有易君左，也许可以说是摘桂冠的候选诗人了。

虽然英国桂冠诗人的光环与诺贝尔奖

学人的比较起来，不免失色，但英国这一传统却是不绝如缕地存在着。好像是前年，还是去年，我在美国波士顿大学校刊中读到一篇文章载有一消息：英国正酝酿把千里达[1]的诗人瓦科特[2]选为桂冠；不过那时尚未决定云云。这位瓦科特在一九九二年已经摘下了诺贝尔奖的文学桂冠，是波士顿大学的教授。他得诺贝尔奖那夜，我才知道他是我的邻居及同事。我几乎每天见到他有六七年之久，而居然绝对的不认识，也不知道。他是既画一笔好画，又编一手好戏，更写出如珠似玉的好诗。可以说是艺术全才。倒很像近来才嚣尘上的高行健之亦画亦戏且亦文。他们的不同之点，是一个写诗，一个写小说。

话说八年前十月的一个深夜里，我被电话惊醒，原来是台北的中国时报社的一位记者打给我的。台北的下午三时，记者工作兴味正浓，他忘了那个时辰在波士顿是夜里两点，他的问题是瓦科特得了诺贝

1. 即特立尼达岛。——编注

2. 今日通常译作沃尔科特。——编注

尔奖而不知是谁,情急之下来问我。我于是半夜惊魂,变成了受殃的池鱼。

我把电话一摔,怒斥道:"波士顿大学四万多人,我为什么一定认识瓦科特,我也不知道!"翌日醒来,甚感歉疚,狂怒岂非掩饰自己的无知?于是就近求救于正在哈佛读文学的童元方,请她细说一下我的邻居与同事的诗的风格。她在两日之内就写成了《诗在水上,不在山间》的力作,她对瓦科特的诗和戏一清二楚得如数家珍。

童博士自从哈佛毕业后,在香港中文大学已执教五年了。这次访问牛津大学出版社,我又求她陪我去。十月末来港正是吃大闸蟹的季节,牛津的东道主人,看着我们俩吃大闸蟹,而东道主们推说不爱吃而不吃。我们从镛记出来以后,我觉得非常奇怪;于是问:"还有人不爱吃大闸蟹的吗?"元方说:"你吃得那么开心,主人的份全让你吃了。"然后,她顺口背出吴梅村的两句诗：

> 黄鸡紫蟹堪携酒，
> 红树青山好放船。

她继续说："在现实只有黯淡的黑白片中，诗人吴梅村在这两句诗里用了四种颜色渲染出一片绚烂的往日，其中四分之一是紫蟹。"我接着说："我是只会吃蟹而不会看蟹，也只会念诗而不会作诗。"元方的博士论文即是《吴梅村与文天祥——两组北行的诗》。她怎么对中外的桂冠诗人竟会下这么多工夫来研究呢？

回忆起来，求元方分析瓦科特诗的那两天，我在旁也翻看那两天的《纽约时报》及《波士顿环球报》等，看到有一首瓦科特的短诗《戏完幕落》，很易懂，我就顺手翻译出来，写在日记本里。当然是一篇"未是"的"译草"；也就始终未发表过。今天竟从当年的日记中找出来，我现在把这首桂冠诗人瓦科特的名作之拙译抄在下面：

> 人间万事，世间万物，
> 并无所谓爆炸。
> 只有衰竭，只有颓塌。
> 像艳丽的容颜逐渐失去了光泽，
> 像海边的泡沫快速地没入细砂。
> 即使是爱情的眩目闪光，
> 也没有雷声与之俱下。
> 它的黯淡如潮湿了的岩石，
> 它的飘逝如没有声息的落花。
> 最后，所留下的是无穷的死寂，
> 如环绕在贝多芬耳边的死寂：
> 天，是无边际的聋，
> 地，是无尽期的哑。

译文当时并未发表的原因，可能是有一两句与原作的含意有些出入，至少是有些距离。那大概是因为我又犯了老毛病，信笔由腕、信马由缰地不是在译,而是自己作起来了。

　　　　二〇〇二年一月十日于台北

爱因斯坦的散步及其他

××同学：

你母亲代你写给我的两封信，我大致算收到了。一封是六日，一是七日，也就是在我演讲以前与以后。因为我在忙乱中，听旁人在念，也许未听得太清楚。现在我特别回复你这两信，希望你母亲念给你听。你母亲在第一信里好像是说，你是一盲生，要来听而不能来，希望怎么样。我就向文化局的经办人员说，"我送他一本散文集好吗？"事后一想，如是盲生，送给他一本书去"看"，这不是讽刺吗？在你母亲的第二信里才知你是视网膜问题，正治疗中，怕受震动，所以不能来，我松了一口气。以现在的镭射技术，我想很容易治好的。希望你静静地养病。

你虽没有来，我大致说说那天演讲的情形，你听听热闹，也许可略解寂寞。

我是七日的下午六时，到了徐州路四十六号市长官邸的日本式大房子。先在竹林旁走了一圈，又脱了鞋在各式各样的屋子里转了一下，坐在榻榻米上吃了些东西。陪我的人说，讲演厅只容七十个人，但整天接到市民无数的电话询问，这个地方显然不够大了。讲桌已搬了上台，平常是与听众席在一个水平的。我向她说，来多少人就多少人，大家聊天，哪有什么人数的问题。

等到七时到讲演厅时，已挤满了人。从座位看来，有很多地方三人挤两张椅子，旁门都是流入及流不进来的人。

我开门见山即说：今天是二〇〇二年的三月七日，到三月三十一日，就是今年基督教的复活节。这是欧洲各国最大的节日了。我今天向大家述说的是整整一百年前，也就是一九〇二年的复活节的故事。

那一天在瑞士伯恩城的一个小报上,出现了一则广告。

> 阿尔伯特·爱因斯坦
> 瑞士联邦理工大学的毕业生
> 想给人补习物理,每小时三法郎……

伯恩大学有个学生名叫索洛文的看到了这报上的广告。他自己是学哲学的,但是想补习一下物理,也就是想对自然哲学打个底子。于是按照报上的地址就找爱因斯坦去了。

在爱因斯坦的寓所里,两人一谈就是两小时。爱氏送索氏出来,两人在街上一边散步,一边谈心,又是一小时半。分别时,爱因斯坦要索洛文翌日再来。爱因斯坦建议,不要补习物理了,大家在一块儿读名著,思索名著上的问题。于是又拉了一个学生,三人共组了"奥林匹亚研究院",

几乎每天相会,还共进晚餐,吃的是香肠、乳酪等,喝完了茶,然后开讲。

讲什么呢?是看名著的心得与对名著上所提问题的争辩。

这些名著都是谁的作品呢?是马赫的《感觉的分析》与《力学》、穆勒的《逻辑体系》,是休姆[1]的《人性论》、斯宾诺莎的《伦理学》、亥姆霍兹的演讲、安培的哲学论文、黎曼的《几何学基础》[2]、彭加勒[3]的《科学与假设》等等。还有,与数理完全不沾边的戏剧、小说等,比如狄更斯的《圣诞颂歌》、塞万提斯的《唐吉诃德》等。

我介绍的这些,几乎都见于爱因斯坦的成百上千的各种传记。我继续分析的,则是这些书对于爱因斯坦所产生的影响。我在演讲中大致解说了,比如马赫与爱因斯坦的关系及后来爱氏对马赫的批评;比如彭加勒是爱因斯坦详加研讨的对象及以后爱氏对彭加勒的驳斥。凡是与科学沾点

---

1. 今日通常译作休谟。
——编注

2. 中文简体版译作《论奠定几何学基础的假设》。
——编注

3. 今日通常译作庞加莱。
——编注

边的科目，爱因斯坦在日后常有谨慎的利用，详细的讨论与镇定的批判。似乎只有一个例外，就是对斯宾诺莎的推崇。

最有趣的是爱因斯坦的后半生与量子论学派的大战。那份坚守不渝的顽固与宁死不降的激情，非常像他们三个奥林匹亚研究院的学员所共同欣赏的小说《唐吉诃德》——的精神。

我的讲演内容是围绕在他们当年的深入阅读与日后的细密思考上。为了纪念这种巧遇的一百周年，我会把这些科学史的近况，贡献给大家。科学史是门新兴的学问，即以哈佛大学为例，比如孔恩[1]、盖利森以及荷顿[2]等结论新颖而成绩显明。孔恩是由于科学史的研究而创出科学革命的新说，盖利森是把科学史与艺术史并列研究；而荷顿在二〇〇〇年的一篇文章中，可以说专写科学家的散步，比如"爱因斯坦与海森伯的散步"等。

我讲完后，提问题的人很多，主持人

---

1. 今日通常译作库恩。
——编注

2. 今日通常译作霍尔顿。
——编注

就以收条的方式,为我再转读问题。我还记得的问题,比如:

问:罗素的《西洋哲学史》[1]与冯友兰的《中国哲学史》,你有什么看法。

答:这两本书与今天的讲题不能说完全无关,但关系不大。正巧我也看过这两本书,不妨说一下感想:罗素的《西洋哲学史》是他在美国教书时所写的讲义,这本书倒是给他带来大笔财源。既是讲义,他就得按照历史的先后一个哲学家、一个哲学家的交代。这自然不能算是什么特色。罗素的哲学史的特色是:竟然有一章是谈拜伦。我们乍看起来,就近乎匪夷所思了。罗素自有他的说明。他说:"拜伦对后世的影响太大了。因为这太大的影响,尤其是对后世的革命思潮而言,不能离开这个源头。"

我并不怎么热衷于罗素的哲学史,他自己也不见得满意,所以后来又写一简篇曰:《西方的智慧》。我很爱看的是那本

---

1. 中文简体版译作《西方哲学史》。
——编注

浅显易懂、趣味盎然的都兰[1]所著的《哲学的故事》。都兰是胡适在哥伦比亚的同班同学，胡先生曾对我说，都兰是把每个哲学家写成一本小书，后来集在一起成为《哲学的故事》。

至于有关冯友兰的《中国哲学史》，在出版时负责审查该书的金岳霖及陈寅恪均认为是不得了的哲学大著。他们的审查报告与其说是在赞冯友兰，不如说是在骂胡适。我对该史首版也看过一遍。很爱他的后半内容，但读来不如胡适《中国哲学史大纲》上册的风流文采。胡适并无下册，也就无从比较了。冯著论到唐宋，在谈禅与说理上，他的见解，念来令人动容。

以上是由主持人转念的问题之一，其他还有好多问题及我的答案，在此只省略了。

不料问答快结束时，座中一位听者突然站起来，大声喊道："斯宾诺莎与老庄有关系吗？"

---

1. 今日通常译作杜兰特。
——编注

我想了一下，斯宾诺莎我读得相当多，是因为爱因斯坦说他对宗教的看法所引起。最使我感兴趣而至今仍不大了解的，是斯宾诺莎用"几何学"的方法写出他的主要著作。我想人文学问由"几何法"来研究与表达，大概由他开始，也许是最有成绩的。

但是关于老庄，我念得反而不多。也是读英文本，大概在知识上所增加的是各式各样的误解。这是因为中文原本，对我来说，更有困难。读文言文，我有时连句都断不开；除了向中文系出身、始终不改其志的元方请教外，还有什么办法！如果用方法学来分类，我勉强把老庄的著作归入"对话法"，也许适当些。

"对话法"是学术发展上最老的方法，可以说由苏格拉底开始的；而与它差不多同时开始的"几何法"，当然是由于欧几里德。

伽利略与教廷打架打得如火如荼，是大家所熟知的。最近我才看到伽利略论文的英文翻译竟有近五百页的内容，是四天的"对话"。原文及英文各二百多页；爱因斯坦还为这本名著写了七页的长序。爱因斯坦的思路与文笔真是一清如水。而几何法自欧几里得以后竟停了两千年，到牛顿时才恢复。牛顿的《原理》用的是"几何法"，这也是大家所熟知的。

讲演会散场后，我才看到一位我大学时电机系的同班同学与化工系的同年同学。我们三人都是一九四八年左右到台湾的，当然他们与我一样，俱是垂垂老矣。不同的是他们是真正为台湾竭其所有，尽其所能，贡献的血汗直入土层，向地心浸透。我很惭愧，远不如他们。

匆此，祝好。

二〇〇二年三月十日于台北

二十世纪的二十个人

一九九九年尾,也就是二十世纪末,许多国家,特别是美国,均有二十世纪这一百年中科技界重要人物之评估。各类媒体所推出的名单是下列二十位:

爱因斯坦:他的相对论改变了人们的宇宙观;

玻尔:对量子力学的解释影响了二十世纪的科学与哲学;

海森伯:他提出的测不准原理让人认识了微观粒子的本性;

薛定谔:他的波动力学方程是量子力学的标准方程;

卢森弗德:在原子核物理和原子核化学方面做了基础性工作;

欧本海默：制造第一颗原子弹的组织者；

莱特兄弟：威尔伯和弟弟奥维尔发明了飞机，改变了二十世纪的天空；

克里克和华生：发现核酸的分子结构，奠基现代生物学；

布劳恩：当代航天科技的奠基人；

冯纽曼[1]**：对电子计算机理论做出最大贡献的科学家；**

居里夫人：在放射性研究方面有重大贡献和影响；

盖茨：九十年代对世界影响最大的软件专家；

普朗克：第一位提出量子观念，导致了量子力学的产生；

韦格纳[2]：二十世纪地球科学的奠基人；

哈勃：现代天文学的奠基人；

---

1. 今日通常译作冯·诺依曼。——编注

2. 今日通常译作魏格纳。——编注

马可尼：无线电通讯的奠基人；

伦琴：发现X射线，在二十世纪得到广泛的应用；

钱学森：中国航天之父；

哥德尔：对数学和哲学有根本影响之人；

佛洛伊德[1]：在心理学领域影响最大的人。

这个二十世纪科技界最重要人物的名单，看来非常有趣。把爱因斯坦与盖茨放在一起，不免令人惊异。可是，他们对世界的影响，究竟谁大，实在也不易讲。就是比较此二人的少年时代，爱因斯坦固然是能逃学就逃学，能翘课就翘课，反正他是自修，最多是与好友切磋，不拿学校当一回事；而盖茨呢，他父亲好不容易把他送进哈佛大学，他待不了一两年就辞别而去。他认为念完四年耽误太多时间，而时间必须把握，创业时机不容错过。把这两

---

1. 今日通常译作弗洛伊德。
——编注

位放在一起,仔细一想,又不是太突兀了。

好在这些姓名,差不多我们都耳熟能详。略加分类有十位是得过诺贝尔奖的,剩下的十位是没有得过诺贝尔奖的。我们又发现了:爱因斯坦、玻尔、普朗克、伦琴等,是研究小东西的,是微观的;而欧本海默、布劳恩、盖茨、钱学森等,是搞大组织的,是宏观的。也可以说,一群是向"内"或搞"微",另一群是向"外"或搞"大"。

航天、勘地、倒海、排山,固然大而又大,其实,冯纽曼之于电脑,佛洛伊德之于心理等等,所搞的东西,不见得尺寸很大,而是极复杂之能事。相对而言,也就是无比的大了。这群功臣,自欧本海默,至佛洛伊德,均未得奖,倒是大家都知的事实。

所以,我觉得,得奖的那十位是搞小东西的革命者,星星之火燎起原来以后,对世界所生的影响甚大;而另十位是献身于大而复杂的系统,可以说是组织者。前者的动机主要是好奇、纵嗜或爱美,好像"爱情",每个人有自己的解释;后者的动机却是救国、助人或发财。动机虽不同,其孜孜的努力、矻矻的穷研,流血或流汗见于外,焦思与焦虑存于中,则大致是一样的。而贡献所至,差不多都是翻天覆地的规模。因为他们的立功立言,不只是我们所住的地球变了,就是所见的宇宙也变了。

由小的颗粒研究起,向深处追查,可以说是物理派。研究的方法是把环境搞清楚,为求简单,假设因而多起。可是那些以大的系统为目标的一类,向远处发展,可以说是工程派。他们不能有任何假设,也不能有任何限制,考虑到的是全球的现状,与各方面的参数。欧本海默及钱学森,冯纽曼与盖茨,都是属于此类。他们的特色是组织的成功与目标的达到。媒体所选是看对世人的影响有多大。在此二十人的评估中,由革命者与组织者二类平分,倒是偶然的巧合;不过对后世影响的范围都是到了令人震惊的地步。

我们就以盖茨为例,对计算机这一行从一九四几年开始到盖茨以软件兴家的简史略加回溯,借以说明组织者的特性。

从一九四几年代起,是艾克特[1]以二十岁的稚龄,动员宾夕法尼亚大学的师生做出 ENIAC,所用的主要是一万八千个真空管。那时候尚没有电晶体,他所遇到的困难,也许是一万八千个真空管所发的热,究竟用多少电扇向四面吹的冷却问题。而他的成不成功端赖全面工程的顾到与大小毛病的解决上。在第一台普通目的的计算机完成后,他们就利用成功的余威组织 UNIVAC,制造计算机硬件来扩充科学及工程计算上之应用,同时转为公司。就计算技术而论,他们是成功的,可是在事业却失败了,斗不过 IBM 的商业用途,也就黯然落幕。这是二十世纪五十年代到六十

---

1. 今日通常译作埃克特。
——编注

年代的故事。

IBM 的眼光是注意大的国防应用，大的保险事业，总方向是从科学计算转到企业利用，而与日常使用或小民应用并无关系。计算机是向大的方向发展，所谓第四代、第五代等接踵而至。

两个史蒂夫的苹果到来，并不是两个史蒂夫有特别聪慧的新猷，而是 IBM 的不屑于搞小。垂手可做到的事不肯做，竟使整个企业为之不支，因而小的计算机涌上来了。

王安由可以写程式的计算器到办公室自动化，他又成立软件研究及中国文化研究的机构或项目。我们事后看来，只觉得他的主要政策大体正确，至少是不离谱，可是他并未悟出软件研究如此简单的事，关系着整个电脑的发展。他未予以足够的重视，实是致命的失败之由。软件书写并不仅是技术问题，而是一个文化问题。拿最简单的当时的例子即可说明。写足球赛的电子游戏，不懂足球规例，是写不出来的；写警察捉贼，不懂法律程序，也是无从写起的。

如此，到了九十年代，比尔·盖茨来了。他以软件的旗帜指出计算机发展之正途。他跻身于二十世纪的前二十名科技风流人物之中，是当然又显然的了。

我们叙述盖茨的兴起正是说明搞大组织者不能不顾及到世界全盘的知识，把握住瞬息万变的时机，做出当机立断的决定。

总之，新事物的到来，无论看来多么不重要，组织者均要考虑及之。企业扩展的契机，就可能由此而来。九十年代是盖茨的软件时代，而就在各种软件陆续问世时，通讯事业显然起飞了。近因是克拉克的商业化网络技术，远因是美苏竞争与苏联解体，许多竞争时的秘密顿时解开，信息革命悄然而至矣。

如果说在计算机的大流中，闯进来通讯自然可以；如果说通讯的大流中，闯进来计算机也可以。这是二十世纪的大事，我只有将范围缩小，说说中国血统的人，他们如何走上世界的舞台，又是扮演什么样的角色。在这个惊心动魄的大戏中，重要的角色还真不少。

不过，二十世纪的二十人中，只有一位钱学森是中国人；二十一世纪末，再作此类评估时也许有一二位，或三四位是中国血统的人。

大体说来，计算机界王安的前瞻眼光，是不容抹煞的。康宁汉出于其旗下，钱伯斯也出于其旗下，令人深服其成功之非偶致。网站界杨致远的综合判断，也是可圈可点，而其辍学出山情景亦颇似盖茨。吴锦城之箭点（Arrow point）第一功，是很惊人的戏剧场面。在那种泡沫之年，差之毫厘、失之千里的谚语也不足以形容。

吴锦城的箭点通讯企业以及以后接二连三的成功，大致记在他所著精简扼要的小书里。书虽小，在在看出他的前瞻的眼光与综合的能力。

  我与元方曾在波士顿坐着锦城和沙林的小船,出海航行了一圈。他没有说什么,好像也没有做什么似的安详地当着舵手。我们算是大同行,但绝对没有提及计算机或通讯的事。我那天所想的却很奇怪:先想爱因斯坦在一九二〇年左右名誉陡升,是否与一战结束世人的消极有关?而梅尔维尔的《白鲸记》是在作者去世三四十年后成了名著,也是在一九二〇年左右。回到家里,我问元方,《白鲸记》的深层意义是什么,她笑而未答;我对她倒讲了一些电网的高速公路。

二〇〇四年一月于香港

畸人的寂寞
——谈谈陈省身的诗

陈省身教授逝世了。源自各种媒体的消息，大多数是非常正面的，比如："一代数学大师去了，哀痛的不只是中国人，而是全世界。"但也有反面的，比如："他在最富创造力的时候，将自己的青春全部奉献给美国，在暮年才回到祖国。"

不论正反，这些内地网站上的讨论，这种纷然杂陈的现象，总是难得的！但对反面评论所说的话，我总不无感慨。因此，近日看陈省身的文集，觉得他为天才发展所付的代价，令人吃惊。而他却从未自怜过，外间也从未深思过。我对他的认识，是从他的自传文集之字里行间逐渐悟出来的。

陈省身初级小学只上过一天！因为老师打手板，他怕了，于是在家中由姑姑教。

九岁时考上高级小学，十五岁又以同等学力考上南开，十九岁大学毕业。求学的每个阶段他都比平均受教年龄早上三四年，或四五年。世界上不少天才儿童大都如此。像应用数学家温纳就是十五岁大学毕业，十八岁获哈佛大学数学博士。他的少年经历，与陈类同。

可是，这类天才儿童，从数学上看，他们是抢先了；从其他科目的教育上看，反而是错过了。例如国文，陈省身写得一笔好字，这可能是姑姑教出来的。他作的诗，内容虽然非常有诗意，可是由形式上看来，既未顾平仄，也不理押韵，实在不能说是很好的诗。但他自己可能毫无所觉，其实也许是缺乏了起码的训练有以致之。陈的父亲就曾说过，他的国文念得不好。没有时间练习，怎么会好！何况他与中华民国同寿[1]，上学的年龄又是五四开始之际，新旧青黄不接。

陈省身在天津扶轮中学时，曾在校刊

---

1. 原文如此，据资料显示，陈省身出生于1911年10月，中华民国1912年1月1日宣告成立。

——编注

上发表过两首白话诗。这是一九二六年的事,五四运动之后七年,比胡适《尝试集》的出版晚一些。其中之一叫《纸鸢》,我在这里引出来:

> 纸鸢啊纸鸢!
> 我美你高举空中;
> 可是你为什么东吹西荡的不自在?
> 莫非是上受微风的吹动,
> 下受麻线的牵扯,
> 所以不能干青云而直上,
> 向平阳而落下。
> 但是可怜的你!
> 为什么这样的不自由呢!
> 原来你没有自动的能力;
> 才落得这样的苦恼。

这一个纸鸢的意象,已看出少年陈省身追求独立与自主的迫切,新意盎然。上下拉扯的力,也有一种对称,一种平衡,但文字上却未把感情表达出来。当然，与"大漠孤烟直，长河落日圆"的几何美，不可同日而语了，虽然他是很爱几何的。我们对陈的新诗，不无遗憾。

之后陈好像就不再作新诗，而只作旧诗了。既作旧诗，总有些规矩，但他是爱作却不守规矩。有内容而无艺术，何能称之为诗？他有给朋友说数理的诗，给夫人寿六十的诗，给日本朋友回忆往昔的诗，意境都很清新，可是念起来又哪一首像诗？尤其给夫人做寿的那首。

陈有一首《七十五岁生日偶成》的七言诗，头两句是：

百年已逾四分三
浪迹平生亦自欢

我跟元方说："这两句不错嘛！"元方先是微笑，然后徐徐地说："数学家不离数学，百年的四分之三当然是七十五了，很准。"接着她又说："连这句也可能是套用昔人的诗句。"

"谁？"

"黄花岗七十二烈士的赵伯先。你知道跟林觉民差不多，这些烈士都是青年。赵有一首诗，开头就是'百年已过四分一'，即二十五岁。赵伯先是镇江人，陈省身是嘉兴人，不知道赵诗是否在江浙流传，陈在幼时就听到过？"

至于杜甫寄高适所作的求助诗："百年已过半"，是千年以前的诗了。不过后人如搬得动，均可化为自己的。陈省身搬不动，就不大像诗了。可是内容却很富诗意，那有什么用！感情既传不出来，他为什么发表这些诗呢？就是求共鸣、找知音。但因形式不美，恐难以找到罢！

一九七四年，陈省身到日本的东北大学与老友相聚，承佐佐木重夫教授招待，并接见他的数学学生，纵谈研究数学之趣；于是想起一九三三年最初发表于《东北大

学数学杂志》的论文。我们可以想见他当时的快乐,乃至赋诗一首:

> 牛刀小试呈初篇,
> 垂老方知学问难;
> 四十一年读旧作。
> 荷花时节传新知。
> ……

诗意也是很充沛的。但因"四十一年"与"荷花时节"显然是套的近人近作,搬别人的名句又搬不大动,全诗也就黯然失色了。

大数学家,数学即是他的语言,感情自然也可以寄托在那里。可是那种语言很难懂,至少是平常人不大懂,所以他寄情于旧诗,而又没有一些基础的训练,结果就是不能表达于万一了。

陈省身十六岁即跟着段茂澜学德文及法文,程度达到可以读用那些文字写的数学书，所以到了汉堡仅一年即获数学博士学位，因不需要花时间在学德文上。然后他又去法国投名师嘉当，其法文也有读专门书的程度，只是尚不能用法文说笑而已！这些外文的训练，都不是平常人所能企及。但表达感情的细节，也要经过一番文字的历练。因了技术犯规，遂糟蹋了全部的内容，实在是很可惜的。

陈省身那个时代的科学家，不论中外，几乎每个人都有艺术的嗜好，有爱拉提琴的，有爱弹钢琴的；有爱下棋的，有爱打鼓的！他们在这些嗜好上，都有相当的造诣。不幸的是陈省身的小学、中学、大学、博士后，无一不跳级，数学以外的科目均未得全面自然地发展，于是他本不见得不能成为诗人，因得不到正规发展的机会，而终究成不了诗人了。

目前，常常有人说我们急需通识教育。但问题又出在通识教育的内容为何？通识并不是再加上一本几百、甚至上千页的大书，包括上下古今的各类学科，强逼学生背诵；学生既不会听，也不爱看，终至厌恶填鸭材料，敷衍或拒绝这些粗糙的饲物。倒不如帮学生发展出一种专门的嗜好或技巧，可以使他们自我享受、继续学习一辈子。比如弹琴、唱歌、作诗、画画、下棋、写字等等，向深处发掘，向高处发展。换句话说，至少维持一个与外界相通的出气孔，可以呼吸，不至于窒息而死。

陈省身之于数学，非常人所能及，他涵泳其中，自我享受确是真的。可是他与周遭众人却无法沟通，于是就自己念诗作诗，以求唱和，但他又不大会作，也就挤出一句矛盾的口号来："搞好数学，使中国成为二十一世纪的数学大国。"他明明知道数学没有国界，今日出版的论文，不必等到今夜，全世界就知道了，什么叫数学大国？

普通人并看不懂他的数学，只好念他所作的诗。而不能不生出反面的看法："一生贡献给美国了,到老了再回国做什么?"他看看自己的护照是美国的,祖国媒体所传出的在在提醒他是华裔美人。原以为用中国字作的诗,可以表达出自己的感情,甚至矛盾的心绪,结果是因技巧不足而不能完全表达出来。

人遭剧痛时,都是呼叫母亲;到临终时,难免不说母语。陈省身有爱因斯坦的成就,但不像爱因斯坦在异国的医院里,说着周围的人皆不懂的德语,饮恨而去;倒像托尔斯泰在祖国的野店里,说着周围的人竟也不懂的内容,虽然是同为母语,赍志以终。

生之寂寞,大家纵有所不同,其为寂寞则一,不分常人,还是畸人;死之凄凉,虽有各种形式,其为凄凉无别,不论是在异邦,或在故国!

二〇〇四年十二月十三日于香港

霍金在香港发表学术演讲之日
——漫谈剑桥大学卢卡斯讲座的故事

霍金对于所遭遇的挫折之勇敢克服与所追求的学术之高明成就,使人钦服。我昨晚一边想着这新闻,一边走上山。天快黑了,去元方的办公室,好与她下山同去吃晚饭。她正忙着与电脑打交道,让我稍坐,等她一下。说"只等两分钟"。而她对分钟的定义是她自定的,有一次变成需要乘以三十倍,等了一小时。我只好找本书看。电话铃响,而且是找我的。原来是报社的一位访员打来,问我有关霍金的故事。问题很有意思,"霍金与爱因斯坦,究竟谁更伟大?"

我说,我与霍金不是一行。我在剑桥大学只待过不到两年,一九六九年十月才去的,一九七一年六月就离开了。回想一下时间以后，又回忆空间。霍金大概是二十岁去的剑桥，是凯思学院[1]的。就是我们中国人所知的李约瑟当过院主，也就是院长（他们叫作 Master）的学院。大多数的学生是学医的、学生物的，当然也有好多其他的行，比如霍金罢，就是学天文物理，而且学院给他奖学金。那应该是一九六二年左右的事。因为霍金是一九四二年生在牛津的医院里，他二十岁时就是一九六二年左右了。好算，易算。

人生的挫折或幸运，岂是事先所能预料的：就是这年，他得了肌肉萎缩症，即 ALS（Amyotrophic Lateral Sclerosis），也就是美国所谓的 Lou Gehrig 症（Lou Gehrig 是名球手，死于该病）。这是至今也不会治的病。病人思想及回忆照常，但身体逐渐瘫痪。霍金为这种疾病的突然袭击，他的逃避方法就是整天沉醉于华格纳[2]的音乐中了。

他在此时却遇到贵人珍·怀特[3]（Jane

---

1. 剑桥大学冈维尔与凯斯学院。
——编注

2. 今日通常译作瓦格纳。
——编注

3. 今日通常译作简·王尔德。
——编注

Wilde），不久即结婚。

报社的访员这忽然一问，使我心潮立涌，想起霍金的身世。而这些故事，报上、书上、网上都有。但霍金与爱因斯坦的比较我仍不能答，倒想起霍金与爱因斯坦并不太相干的故事：

爱因斯坦曾说过大家早已耳熟能详的话："上帝对这个宇宙不掷骰子！"（God does not play dice with the Universe.） 那是与量子论者在一九二〇年代到一九三〇年代打混仗的时候说的。而爱因斯坦一九五五年逝世时，霍金才十三岁。后来霍金成了学者却针锋相对地说："上帝不但掷骰子，而且有时掷到看不见的地方！"霍金所说的看不见的地方，是指掷在"黑洞"里面的可能性。我想这是爱因斯坦与霍金的隔时隔代的呼而不应的关系。至于霍金之天文与宇宙的研究是基于广义相对论，则是大家都知道的了。

可是这些不涉正题的话，如何在电话

上说得清楚？我就直截了当地说，霍金与爱因斯坦并无关系。

"不过呢，"我对报社访员说："我曾看过霍金的卢卡斯讲座的就职演说。倒可以趁此机会向霍金提出三个问题：问题一，在你的就职演说中，你曾说'至于现在，计算机就做研究而言，是非常有用的"辅"助工具，但计算机必须由人脑指导。可是由最近计算机发展的速度看来，他们似乎相当有可能全面取代了理论物理。所以"理论物理学家"的末日可能已经来到，如果不是"理论物理"的末日。'现在据你出此言，四分之一世纪已过去了，你仍持此见吗？

"问题二，你对自己初得肌肉萎缩症时是极度的沮丧，然后你逃避到华格纳的雷霆般暴烈的歌剧音乐中。为什么是华格纳的音乐，而非爱因斯坦的'广义相对论'？也就是说：为什么你逃避到艺术之中而不是科学之内？你认为艺术的定义是什么？科学的定义又是什么？有一位英国艺评家克立夫·贝尔曾说：'一艺术作品是一个问题的全部解决'，他或许也就暗示了：一科学作品是一个问题的局部解决了，对贝尔那句话你同意吗？

"问题三，许多人认为科学的律则成为微分方程，而宇宙的始值是神学的事情。你的意思与他们不同。你以为宇宙的始值在科学中也应予讨论与研究。这是一种比喻的说法，还是正式的叙述？"

我把这三个问题匆匆电传给访员后，却又引来了新的问题。元方说："我这里有点信息。"她给我看杨振宁给她的一封信，是七年前的信了。我打开来看：是有关卢卡斯讲座教授的故事。

杨教授的信先是说徐訏的《荒谬的英法海峡》，说好朋友黄昆夫妇，也就是黄昆与 Miss Rees 的故事，与这个霍金故事不相干，不在此重录了。杨教授接着写道：

另外一个真的故事你也会发生兴趣：剑桥的一位有名应用数学家，叫Lighthill的，最近去世。他是Dirac与Hawking中间的Lucacian Professor，去世时大概七十八岁。他身体强健，而且喜欢做常人不能做的活动。曾经绕英伦海峡中一个小岛一气游泳一周，前后要十小时。而且1. 曾这样游泳过七次；2. 每次都独自游，不要有汽船跟随。3. 不穿橡皮衣；4. 第八次周游时去世！有人说他去世时自己知道已患癌症。……

振宁九九年四月二十日

元方给我看了这封杨教授的信后，又与我讨论起卢卡斯讲座来：此讲座何以特别有名？又是些什么人物得此讲座？

我只能简单地答：

"卢卡斯讲座起源于你去过的圣约翰学院。这个讲座如此有名，是因为牛顿。

牛顿是第二位卢卡斯讲座,卢卡斯则属圣约翰。而第一位得此讲座的是牛顿的老师贝若,'世袭'表之如下:

"1 贝若,2 牛顿……n-2 狄拉克,n-1 莱特海路,n 霍金。中间的……不必写了,我也不知道。这个'n'可能是15。

"霍金在《时间简史》中说,伽利略死后三百年是他的生年,而伽利略死的那年,牛顿生。换言之,牛顿的生年是一六四二,霍金的是一九四二。

"有个年代不用记也记住:即一六一六,什么伦敦闹瘟疫、着大火、剑桥停课一年半、牛顿家的苹果树掉下苹果、万有引力想定之年等等大事都是一六一六年的,或前或后一两年。"

说到此时,我反问元方,"你讲讲《启示录》罢,为什么六六六一出现就表示有灾有难呢?"

她说:"那是属于'密码'的故事了。故事太长,又不能长话短说,还是说文学界的一六一六年。莎士比亚与塞万提斯都是那年死的,东方还有汤显祖,也死于一六一六年。"我说:"是呀!但这已出了'卢卡斯故事'的范围。"

二〇〇六年六月十四日于香港

儒者的气象
——纪念邢慕寰教授

上个世纪八十年代末，我到中文大学任教已有两三年了，才认识邢慕寰教授。他那时是研究院院长，我是电子系的系主任。为了电子系要设博士学位，才特别与研究院院长有所往来，当然以前在教务会上常有开会时的相值。

为了博士学位的创立，必须交换些意见。而他并未直接向我述说他的意见，是我们有过几次的漫谈后，我才悟出的。他的意思是既名为中文大学，应该是中文系先有博士学位，而中文系正在筹备中；也就是电子系可以略迟些。如此，才是名正而言顺。但他并没有这样说出来，而是与我慢慢讨论。我说："我们电子这一行的时间常数大概最慢是一秒钟，快些的都要乘以负多少次方了。比如米的负三次方、负六次方、负九次方等。而中文系的时间常数动辄五千年。我们不在一个时间常数的范围里。"他说:"从美国来的教授,总是爱开玩笑,我们说完了正事。再说玩笑好吗?"

"我说的都是大实话。中文系也要作些充足的准备,需时或者略长。主要的是他们甚少外国的制度可作参考。而港大的中文系大概是另有定义,我们与他们也很不相同。中大电子系不好等待的原因,是好学生都跑到美国去了。而这里真有不少好学生!我来中大前那三个暑假在 MIT 做客座科学家。那里的大学部之前三名,无例外的总是香港去的。也是因为当时台湾的高中生不许出国,而内地那些年正在'文化大革命'之中,是学生以交白卷为荣,教师要向学生认错的时代。而我们中大电子系的学生,在大学毕业以前,就有些在很有水准的学刊里发表他们的论文了。这些有研究才能的青年,刚刚毕业,就被美国大学抢了去。我们应考虑些留住他们在香港做研究的方法。因二十到二十五岁,这段时间太重要。去了美国可能因为杂事反而误了这段宝贵的时间。"

两三次都是我在他的二楼办公室中聊天,那是碧秋楼罢。我在第三次聊天时,才忽然觉出邢教授独特的地方,就是他特别注重礼节。我在辞出时,他一定陪我从二楼走到一楼,送到大门口,握手鞠躬而别。我前两次并未觉得,后来才感到他这个重礼的习惯。在非常惊讶后,心想这是儒者的重礼罢。

大概是五九年,我在美国。Bertram[1] 是 IBM 的大人物,而约克镇(York Town)研究所正在动工中。我到 IBM 面谈时,是在辛辛(Sing Sing)那小镇。从火车上下来,还提个大箱子,来接我的正是 Bertram 本人。他不但到车站来接,而且把我的大箱子抢过去为我提着。我那时还想,美国

---

1. 詹姆斯·贝特兰。
——编注

原来也是礼仪之邦啊,使我相当吃惊。所以每次由于刑教授的多礼,我必想一阵 Bertram 的多礼来。

不过,好几次与邢的谈话,总是得不到什么结论。当然也就成了他说他的,我说我的。但他总是在坚持后,不稍松动他所坚持的。不知为什么有一次我们提起经济学家罗宾逊夫人的话题。他说:"她是不注重写书的。因为经济的学说变动得太快,书出版时必成为明日黄花矣。"我接着说:"经济的变动哪里赶得上我们电子系之快!"邢教授听到这些,才略有动容,才对我说的时间常数有所考虑。

我继续说:"罗宾逊夫人,我六〇年代尾、七〇年代初在剑桥时,她正在那里。我大概是走错了教室,或是与同学凑热闹,曾听过她一堂课。她正在吹中国的'文化大革命'如何伟大等。她穿着黑袍,大讲'文革',我是太意外了。"邢教授听后,却并不意外。大概他很熟悉罗宾逊夫人,他说:"经济学开始用坐标,倒归功于她。"那次我们的谈话,因溢出题外而结束。邢教授说:"我们下星期此时再谈。"

很快,就是下次了。他这次先跟我说:"你看英国与美国的大学里,博士学制有何相似或不同,比如英国剑桥的与美国华顿[1]的?"邢教授提出这两间大学来,是看过我的履历罢。为什么问得如此特殊?我说:"因为隔行,我不知这两个学校的经济系有无博士学位,也未注意过。不过在宾夕法尼亚大学莫尔电机学院,常有同学兼修华顿商学院的学位的。也许只是硕士之类的学位。"他对华顿商学院非常熟悉,对剑桥经济系发展的情形似乎更知之甚详。也许因为凯因斯的关系。我们那次谈话最后落在哈耶克的《到奴役之路》[2]上。我的观感则是邢教授对哈耶克异常佩服。台湾在六〇年代,因为殷海光用严复的笔法夹叙夹议地翻译过哈耶克这本书的一些章节,所以台湾的经济学者不少服膺他的

---

[1] 今日通常译作沃顿商学院。——编注

[2] 英国经济学家、政治哲学家弗里德里希·奥古斯特·冯·哈耶克的著作,中文简体版译作《通往奴役之路》。
——编注

学说。哈耶克的大著是一九四四年出版的，六七年后才传到台湾。邢教授知道得很详尽，他并且说："殷海光所译的那本英文书是姓关的一位经济学者借给他的。"而我则是在美国的大学图书馆看的。那时极负盛名的《到奴役之路》倒是处处都有。我当年细读过这本书，却是因为爱看哈耶克批评社会主义之痛快淋漓！

那一天，我们谈话时间好像长些，临辞出时，我还说了个笑话："邢教授，你知道哈耶克有个表哥，就是大哲学家维根斯坦，而维根斯坦的中学同班是希特勒，虽然二人并无接触。而这些旧闻都是我在剑桥时，学院饭桌上听到的！"

终于，邢教授首肯了电子系可以开始收博士学生，而大致的原则是：博士不是科举制度，并非训练学生作新进士状，说新进士语。最怕从前中国的科举八股遗传了下来。

博士不是广博大才，无必修课程，也

无须有合格考试,只要经过严格的口试。这一点像英国,不像美国。

博士不由本校的教授考核,而由其他大学教授考核,论文则必须在国际学刊上发表。这比外国的要求严格得多。

博士既不是在大学作教授的必要条件,也不是充足条件,只是一种参考。换句话说,博士与在大学里有无资格教书无关。

我们为了博士学位的创立,也许有十来次的争辩与讨论,结论却是这些反面说辞:"博士不是什么",而并没有说"博士是什么"。这不成了参禅了吗?禅语不易写成条文,也就没有具体的条文可写。如此,电子系在三年后产生了中文大学的首位博士。

我至今不忘的,是他那谦和而坚毅的儒者气象。

二〇〇七年十月于香港

失根的兰花

顾先生一家约我去费城郊区一个小的大学里看花。汽车走了一个钟头的样子,到了校园。校园美得像首诗,也像幅画。依山起伏,古树成荫,绿藤爬满了一幢一幢的小楼,绿草爬满了一片一片的坡地,除了鸟语,没有声音。像一个梦,一个安静的梦。

花圃有两片,一片是白色的牡丹,一片是白色的雪球;在如海的树丛里,还有闪烁着如星光的丁香,这些花全是从中国来的罢。

由于这些花,我自然而然地想起北平公园里的花花朵朵,与这些简直没有两样;然而,我怎样也不能把童年时的情感再回忆起来。不知为什么,我总觉得这些花不该出现在这里。它们的背景应该是来今雨轩,应该是谐趣园,应该是宫殿阶台,或亭阁栅栏。因为背景变了,花的颜色也褪了,人的感情也落了。泪,不知为什么流下来。

十几岁,就在外面飘流,泪从来也未这样不知不觉的流过。在异乡见过与家乡完全相异的事物,也见过完全相同的事物。同也好,不同也好,我从未因异乡事物而想到过家。到渭水滨,那水,是我从来没有看见过的,我只感到新奇,并不感觉陌生。到咸阳城,那城,是我从来没有看见过的,我只感觉它古老,并不感觉伤感。我曾在秦岭中拣过与香山上同样红的枫叶;我也曾在蜀中看到与太庙中同样老的古松,我并未因而想起过家。虽然那些时候,我穷苦得像个乞丐,但胸中却总是有嚼菜根用以自励的精神。我曾骄傲的说过自己:"我,到处可以为家。"

然而,自至美国,情感突然变了。在夜里的梦中,常常是家里的小屋在风雨中坍塌了,或是母亲的头发一根一根地白了。在白天的生活中,常常是不爱看与故乡不同的东西,而又不敢看与故乡相同的东西。我这时才恍然悟到,我所谓的到处可以为家,是因为蚕未离开那片桑叶,等到离开国土一步,即到处均不可以为家了。

美国有本很著名的小说,里面穿插着一个中国人。这个中国人是生在美国的,然而长大之后,他却留着辫子,说不通的英语,其实他英语说得非常好。有一次,一不小心,将英文很流利地说出来,美国人自然因此知道他是生在美国的,问他,为什么偏要装成中国人呢?

他说:"我曾经剪过辫子,穿起西装,说着流利的英语;然而,我依然不能与你们混合,你们拿另一种眼光看我,我感觉苦痛……"

花搬到美国来,我们看着不顺眼;人搬到美国来,也是同样不安心。这时候才忆起,家乡土地之芬芳,与故土花草的艳丽。

我曾记得，八岁时肩起小镰刀跟着叔父下地去割金黄的麦穗，而今这童年的彩色版画，成了我一生中不朽的绘图。

在沁凉如水的夏夜中，有牛郎织女的故事，才显得星光晶亮；在群山万壑中，有竹篱茅舍，才显得诗意盎然。在晨曦的原野中，有拙重的老牛，才显得纯朴可爱。祖国的山河，不仅是花木，还有可歌可泣的故事，可吟可咏的诗歌，是儿童的喧哗笑语与祖宗的静肃墓庐，把它点缀美丽了。

古人说：人生如萍，在水上乱流。那是因为古人未出国门，没有感觉离国之苦，萍总还有水流可借；以我看，人生如絮，飘零在此万紫千红的春天。

宋朝画家思肖，画兰，连根带叶，均飘于空中。人问其故，他说："国土沦亡，根着何处？"国，就是土，没有国的人，是没有根的草，不待风雨折磨，即形枯萎了。

我十几岁，即无家可归，并未觉其苦，十几年后，祖国已破，却深觉出个中滋味了。

不是有人说,"头可断,血可流,身不可辱"吗?我觉得应该是,"身可辱,家可破,国不可亡"。

一九五五年五月十五日于费城

万里怀人兼吊戴森

（童元方）

一开年，拐个弯过完旧历年，可不就该到二月底了！想着陈先生走了九年，春花秋月，无有停歇。我的日常：读书、写作、观影、看展，仿佛从前，但潮打空城，永远不见了那位相与说话的人。

平时与他最爱聊两个话题：歌诗与人物。只要是诗我都爱，他却特别喜欢写得比较空灵、比较朦胧的诗。中外古今，拈起就说。人物呢，骚人词客以外，有许多科学家。爱因斯坦是他的偶像，爱氏在普林斯顿高等学术研究所办公室挂了两位十九世纪的科学家肖像，一位是麦克斯韦，一位是法拉第，也成了他最津津乐道的。这些日子以来，尤其是科学家种种，我几乎是在失语的状态，不能提，也不能看。看是看不下去，有谁提了，好长时间也缓不过气来。二〇一二年之后，本来熟识的科学人，似乎都不在我的世界了。

去年二月二十八日，即陈先生忌日后三天，戴森过世了。我好想问他："你知道吗？想说什么呢？"傻了罢！自然是无可言说。一年的时间，倒像过了几世的轮回，虽说冬日将尽，长夜犹寒。清冷的空气中，想跟他说说戴森，但知云天万里，阴阳相隔，彼岸也无从回应。就是说说罢，说说才觉得心不那么疼了。

戴森享年九十六岁，剑桥大学三一学院毕业，专攻数学。后来在康奈尔大学访读时，写了一篇与量子电动力学有关的文章，讨论了费曼、施温格、朝永振一郎三位物理学家从不同的方向独力思考同一个问题，一边是物理图像，一边是数学方程，竟尔殊途而同归，得到了相同的结果。而这个综合性的观照，也给他们三位戴上了一九六五年诺贝尔物理学奖的桂冠。对我来说,穿越不同的场景,不论是数字,还是图像,总是有自己的风光无限,然而到达的竟是相同的终点,又是怎样的震撼与惊喜!日后知道了杨振宁的规范场就是陈省身的纤维丛,我亦有同样的快乐,在认知上是另类地打通了任督二脉。在这篇划时代的文章中,他从数学跨进了理论物理,其杰出也把他直接送进了学术界,成了没有博士学位的大学教授。先在康奈尔,后来去了普林斯顿高等学术研究所,待了六十几年,直到生命的最后一刻。

对戴森开始有些熟悉,还是得说回在上世纪九十年代迷上了看《纽约书评》。戴森好像是特约作者,经常写,内容可以说是科普类的;我所译的《爱因斯坦的梦》的作者莱特曼,也经常写,所以我看得最多的就是他们两位的科普文章。莱特曼的风格我清楚,其美在简单,戴森的却在繁复,但文辞之优美则一。戴森本是后来归化美国的英国人,也许是剑桥的训练,我读他的文章,跌宕起伏,有时竟好像是在读也是英裔美国人,大学在剑桥读历史的史景迁的史传文字,真是挺奇怪的。

戴森写文章喜欢引诗,只是布莱克的《无邪的占兆》(Auguries of Innocence)开篇的诗节,他就引了多次:

> To see a World in a Grain of Sand
> And a Heaven in a Wild Flower,
> Hold Infinity in the palm of your hand
> And Eternity in an hour.

陈先生琢磨来琢磨去的,最后译之如下:

> 一粒砂里有一个世界,
> 一朵花里有一个天堂,

> 把无穷无尽握于手掌,
>
> 永恒宁非是刹那时光。

译好了自己爱不忍释,又好整以暇地不时吟诵。他说,戴森这么爱这几句诗,他猜是因为如果要用诗来说明爱因斯坦的时空观,没有比布莱克这几句更神似的了。从前大家听牛顿的,时间是无尽的长流,空间是无限的延展,有了广义相对论之后,如爱因斯坦所说,过去、现在及未来并无区别,只是幻象而已。陈先生是因为爱因斯坦而爱布莱克,而喜欢戴森吗?我不知道。但我却是从那旧的时空观中解放出来,不必介怀过去他不曾有我的世界,而日后二人身心所在的每一个当下,都可在每一首诗心里自由来去。

在另一篇文章里,戴森引十一世纪的波斯诗人奥玛开俨《鲁拜集》中的一首诗,这自然是引的费滋杰罗的英译[1]:

---

[1] 2020年译林出版社的新版将作者译为"奥玛珈音",英文译者为爱德华·菲茨杰拉德。——编注

And that inverted Bowl they call the Sky,

Whereunder crawling coop'd we live and die,

Lift not your hands to It for help– for It

As impotently rolls as you or I.

而陈先生沉吟其中又将之译成中文如下:

这个翻过来的大碗,我们把它叫做天,

我们生在它下面,死在它下面,

不要向它求饶、乞助与呼喊,

因为它也像我们一样的无能,一样的可怜!

我现在已记不清这首诗的出现戴森是如何从科学的宇宙转而说到宇宙

中的人类的。但他55岁才出版的第一本科普书,也是他的自传,书名叫"*Disturbing the Universe*",直接出自我1909年毕业的哈佛学长、美裔英国人的艾略特的诗句:"Do I dare disturb the Universe?"意思是:我敢搅扰宇宙的波澜?戴森的书名正是回应艾略特的问题:"我敢。"所以陈先生就将书名译成了"搅扰宇宙",后来中译本出版,书名是"宇宙波澜",形美,音也美,可惜动词不见了。吹皱一池的春水是属于江南的涟漪,而搅扰宇宙的波澜才是戴森敢于跨越界线的挑战。我们看他的宇宙航程,从数学到物理到信息网络到分子生物,是航向未来,再回到地球的。至于人文与科学之间,斯诺曾经担忧过的两种文化的分裂与分野,戴森却如游鱼飞鸟般,可以任意遨游于天地之间。陈先生以为科学家欲浇自己胸中块垒,不能指望方程式,而戴森是少数能借助诗的语言来表达科学思想的大家。

陈先生虽然欣赏戴森纵横宇宙学海的能力，但对他在《宇宙波澜》中把科学与价值挂钩的做法却有所质疑。他认为戴森在自传中与各种主流都成垂直方向的科学研究方法，"已不是一维的直线发展，也不只是二维的平面铺开，成了多维的流形了"。范围如此之大，立论如何令人信服？再看近日莱剂的例子，扰攘多时，仍是现在进行式，科学论述若与意识形态或经济利益有所牵扯时，科学还能信吗？这问题真的值得我们一思再思。

在杨振宁一九九九年五月于纽约大学石溪分校的荣休晚宴上，致辞的正是杨从前在普林斯顿的同事兼老友戴森。他径称杨是一保守的革命者（A Conservative Revolutionary），这说法不仅为杨一生的科学研究工作定了调，想来也深为他所喜。中译有二版，其中一份是我译的。

默默说了这许多,算是道尽了我与陈先生生前聊天与戴森有关的一些断片,灯前碎语,是另一种想念罢。万水千山,残照当楼,虽有怅惘,此情不绝。

二〇二一年一月十日于东海

编后记

陈之藩先生,穿行于科学与文学之间的思想者。他是大科学家,一生专注于机电工程;他是大散文家,所著之小集在二十世纪九〇年代已畅销大陆。文学理论家陈子善曾言:"他的散文最大的特点就是浑然天成,他比较讲究怎么把白话文写得漂亮。他的文字很干净,就算是抒情也是很含蓄,非常节制,但一看就被打动。"也是他最早将先生的作品介绍到内地,而先生在内地出版的第一本书就是《剑河倒影》。

《剑河倒影》,原本由十三篇小文集合而成,记述的是先生在剑桥大学攻读博士期间的观感散记。他写剑桥的水,剑桥的草,剑桥的名人,在校园里偶遇的查尔斯王子,还有在那方天地发生的趣事与心中的哲思。仿若一个与你谈天说地的友人,静静诉说着他的种种思绪。他的心态平和且豁达,他的见解独特且深刻。清新隽永的文字与字里行间的深情,让人对剑桥心向往之。

能再版先生的《剑河倒影》,实在不胜荣幸,又诚惶诚恐,忐忑不安,深恐不能将先生的独特文思以最佳形式呈现。此书的顺利出版,要感谢陈之藩先生的太太、现任大渡山学会荣誉讲座兼东海大学教授童元方女士。她从先生的其他文集中挑选了十篇契合《剑河倒影》气质的文作,以附录的形式附于文后,是为剑桥精神的延续。因着我们对《失根的兰花》的特别喜爱,此文作为"特别呈现"收录在书尾,与读者共飨,"听青春洋溢的30岁的陈先生娓娓道来他的家国之情"。在此,还要对台湾成功大学图书馆表达特别感谢，感谢其从陈先生的馆藏文物中提供了先生的照片和签名等资料，让我们能一睹先生年轻时的风采。

最为重要的是，童元方教授逐字不漏地审读了清样，对于我们关于文中某些词语使用的疑惑，她都以文字的形式在书稿中进行了详细说明。于是，秉承对先生的敬意，我们决定保留先生文字的原汁原味。书中的文字并未完全按照今日之出版规范化的要求做修改，文中出现的人名、地名等，与今日标准译法不相符的，都以注释的形式加以解释，在此特作说明。

先生曾评价罗素，就是"清澄如水，在人类迷惑的丛林的一角，闪着一片幽光"，而先生又何尝不是呢？我们期待着，期待你能在百忙中，在尘世喧嚷中，偶然丢开一切，静心品读此书。

二〇二三年三月